Die Heilerin - Das Dunkel

Von Paul Riedel

Die Heilerin
Das Dunkel

Von Paul Riedel

Fehler! Textmarke nicht definiert.

www.paul-riedel.de

©Paul Riedel, München 2021

Printed in Germany

Erste Auflage 2016

Bibliografische Information der Deutschen Nationalbibliothek:
Die Deutsche Nationalbibliothek verzeichnet diese Publikation in
der Deutschen Nationalbibliografie; detaillierte bibliografische Daten
sind im Internet über dnb.dnb.de abrufbar.

© 2021 Paul Riedel

Umschlag: © Paul Riedel, München 2016

Lektorat: Michael von Sehlen

Herstellung und Verlag
BoD – Books on Demand, Norderstedt

ISBN: 978-3-7534-4050-7

Vorwort

Selten sieht man die Konsequenzen einer Auswahl voraus. Hätte man diese im Vorhinein gesehen, wäre die Geschichte der Menschheit nicht so brutal und voller Fehlentscheidungen abgelaufen.

Die Entscheidung, ob wir unser Leben nach dem Pfad der Wissenschaft oder nur nach Konfessionen ausrichten, wird aber meistens zu früh im Lebenszeit getroffen.

Ist dieser Entschluss einmal erreicht, sind alle weiteren Schritte im Leben von einer freien Wahl ausgeschlossen.

Gerne meidet man die Verantwortung für die Folgen der eigenen Handlung, insbesondere wenn man selbst darin einen Fehler erkennt.

So ergeht es vielen, die ihr Schaffen in den Dienst der Heilungsdienste stellen. Sei dies für die körperliche oder seelische Gesundheit. Die Medizin hat zwar in den letzten sechzig Jahren viele Fortschritte erreicht, doch angesichts der Ohnmacht dieser Branche bei Epidemien, Geburten und anderen

Herausforderungen, muss man erkennen, dass wir umso mehr Fortentwicklung benötigen.

Während wir auf Lösungen der Wissenschaft warten, bleibt für einige von uns nur die Hoffnung auf das Unbekannte.

Diese Erwartung wird durch Befolgen von Religionen oder der Flucht in Optimismus befriedigt, sogar wenn unsere Ratio dieser Sicht auf eine Erlösung widerspricht.

Viele kritisieren diejenigen, die sich an Religionen orientieren, aber bieten den Leidenden keinen Trost.

Wenn wir uns bewusst sind, dass die Wissenschaft Zeit braucht, leidende Menschen Unterstützung benötigen, was hindert, uns dann Erbarmen zu zeigen?

Wir sollten uns fragen, ob mit der Orientierung unserer Gesellschaft Geld, Gier und Wucher ein Fehler begangen wurde.

Diese ist eine Geschichte über Verzweifelte und jene, die meinen, für das Rationale zu kämpfen.

Wer diesen Krieg gewinnen wird, wissen wir nicht, aber eins ist unvermeidlich: Auf beiden Seiten wird es Opfern geben.

Durch mich

gelangt man in die

Stadt der Schmerzen,

•

Die leeren Räume eines Studiosenders in Schwabing wirkten im Licht des grauen Tages bedrückend und kalt. Das Jugendstilgebäude beherbergte viele Fernsehagenturen, das Studio und andere kleine Büros in Räumen, die einstmals von noblen Figuren der Stadt bewohnt wurden. Das Fehlen der Menschen, die hier im Semper-TV ständig in den letzten Jahren die Nachrichten schrieben und vorbereiteten, war beunruhigend. Das Studio strahlte täglich lokale Meldungen aus, was das Überleben in Krisenzeiten garantierte.

Nur zwei Männer saßen zusammen im Besprechungsraum des Senders, der durch die Abwesenheiten von Catering und Assistenten größer wirkte als sonst.

Das moderne Mobiliar war bis Januar immer mit Säften, Knabbereien und ausreichend Büromaterial für die Kreative Meetings belegt. Seit März war wegen der Corona-Pandemie nichts mehr davon zu sehen.

„Wir müssen weiter senden. Die Produzenten haben zu viel investiert, und sie überwachen deren Investitionen sehr genau." Sagte ein hoch gewachsener Mann, der Anzeichen von Stress aufzeigte. Großen Statur wies er ebenso markante Breite auf. Durchtrainierte Schultern füllten ein Designer Hemd, eine dunkellila Hose betonte seinen langen Beinen. Seine blauen Augen glänzten unbekümmert.

„Kjell, was sollen wir weiter senden? Wir haben keine Reporter mehr im Büro. Alle wurden in Kurzarbeit geschickt. Die Kosten sind immer noch hoch, und unsere Werbeeinnahmen können irgendwann zusammenbrechen. Unsere Sponsoren werden diese Pandemie ebenso wenig überleben wie wir, wenn wir weitere Einschränkungen bekommen. Alle möglichen Mitarbeiter sind in Kurzarbeit." Sagte sein Kollege, der ihm gegenübersaß. Ein kleiner, aber markanter Mann indischer Herkunft mit bemerkenswert gutaussehender Haut und wohlproportionierten Formen. Er sah wie ein Bollywood-Star aus und genoss nicht nur die Bewunderung aller Kollegen.

„Die Geschichte, die wir reinbekommen haben, mit dieser Frau im Park scheint interessant zu sein, und endlich haben wir etwas anderes zu berichten als über Corona. Wir haben über Corona und die amerikanischen Wahlen bereits so oft berichtet, dass ich nicht mehr weiß, wer überhaupt noch Interesse an steigenden Zahlen von Infizierten und Toten haben soll." Kjell prüfte sein Aussehen in der Verspiegelung an der Wand des Besprechungsraums. Vardan schaute mit leicht verächtlich auf dem Chef und hätte beinah über die Vorstellung gelacht, dass der Spiegel diesen wie auf dem Jahrmarkt verformte. Kjells Besessenheit mit dem perfekten Körper war für Vardans pragmatischen Charakter ein kaum akzeptabler Makel.

„Ja, das habe ich gelesen. Wir müssen Agnes oder Gerold damit beschäftigen. Sie sind die Ältesten im Sender und wir dürfen sie weder kündigen sie in Kurzarbeit schicken. Befehl von oben." Vardan las die Details über die Frauenleiche, die am Leopoldpark gefunden wurde.

„Du übersiehst, dass sowohl Agnes als auch Gerold Risikogruppen angehören. Wenn sie an Corona erkranken, werden wir bestimmt eine Menge Kosten übernehmen müssen. Berufsrisiko, Versicherung und klar, Gerold ist gesund unerträglich, krank wäre er mehr als ein Albtraum", warnte Kjell, während er seinen Haaransatz überprüfte.

„Was interessiert uns das? Das ist deren Problem. Ich habe beide gebeten in Frührente zu gehen und jüngeren Mitarbeitern eine Chance zu geben, aber beide sind absolut stur und unkooperativ", monierte Vardan. Kjells Balzverhalten vor dem Spiegel steigerte sich, als er seinen Schritt prüfte und nach Seitenwechsel die Auswirkung im Spiegelbild des Fensters begutachtete.

„Schick beide auf diese Story und lass sie beide sich richtig fetzen. Danach schmeißen wir beide raus. Sie können sich gegenseitig nicht ausstehen, habe ich von der Leiterin des Produktionsgremiums gehört." Kjell setzte sich breitbeinig vor seinen Kollegen, der sich etwas unwohl diskret zur Seite drehte.

„Aber sie arbeiten lange hier im Sender zusammen. Warum können sie sich nicht ausstehen?", fragte Vardan.

„So wie sie mir zugetragen hat, hat Gerold Agnes mit der Moderatorin der Nachmittag-News betrogen. Ich weiß nicht wer diese sein sollte. Aber in deren Alter sollte Eifersucht kein Thema mehr sein, oder? Wer hat mit einer sechszigjährigen Frau noch Sex?" Kjell war alles ander als feinfühlig und seine Kommentare selten wert angehört zu werden. Vardan kämpfte immer mit seinem Gewissen, um nichts zu sagen und die Hierarchie zu respektieren.

„Das weiß ich nicht, aber es ist auch kein Thema, oder? Wenn sie sich streiten, wird dies auch auf die Qualität der Reportage Auswirkung haben", sagte Vardan sachlich.

„Beide sind zu teuer und hätten unsere Vorgänger sich von beiden damals getrennt, als noch eine Chance dazu bestand, wären wir heute nicht in dieser Situation. Das alte Management ist mit einem Haufen Geld abgezogen und hat uns diese beiden vererbt. Gerold ist in vier Jahren endlich Rentner, aber Agnes bleibt uns weitere acht Jahren erhalten", sagte Kjell nachdenklich. Für ein Moment wollte er erneut aufstehen, um sein Aussehen nochmals zu betrachten, aber Vardans Seitenblick verunsicherte ihn.

„Trotzdem, wir haben niemand mehr und ich bin der Ansicht, dass Agnes das allein hinbekommt", insistierte Vardan.

„Gut mach das. Aber wenn sie das nicht hinbekommt, wird meine Freundin die Reportage übernehmen", informierte Kjell.

Vardan stand Beziehungen im Büro ablehnend gegenüber. Er war der Ansicht, dass Privates und Berufliches nahezu völlig getrennt sein sollten. Er verstand ebenfalls, dass Kjell keine Freundin, aber eine Anbeterin brauchte.

„Ah! Ist das jetzt offiziell?", fragte Vardan.

„Ich hoffe, du verstehst, dass wir auch an die Zukunft des Senders denken müssen, und nur mit alten Menschen zu arbeiten, ist eine sehr zeitbegrenzte Zukunftsaussicht. Wenn Du verstehst, was ich meine." Kjell versuchte, witzig zu klingen, was ihm misslang.

„Gut. Ich sage ihr Bescheid."

„Mach dir keine Gedanken. Die Produzenten brauchen uns, und die Entscheidung, uns zu ersetzen, wenn wir nichts Neues bringen, ist nur ein Wutausbruch eines diesen alten Menschen. Es kann nicht so eintreffen, wie sie geschrieben haben." Kjell klang überzeugend, aber seine Augen lieferten eine andere Botschaft.

Vardan bewegte sich durch die grauen unterbelichteten Räume. Dabei betrachtete er die verödet Arbeitstische mit einem Gefühl des Verlusts.

„Wird mein Tisch der nächste leere Platz hier sein?"

In seinen Händen hielt er ein Foto von einer Frau im Leopoldpark, die einige Menschen umgaben. Alle schauten zu ihr zu Boden. Entsetzen, Machtlosigkeit und Verzweiflung stand jedem der Anwesenden im Gesicht. Nur eine der Personen, eine Frau im gleichen Alter wie das Opfer, unterschied sich von allen. Eine lächelnde Dame, die zur Zeit des Geschehens zur Gruppe sprach. Doch der Grund ihres Lächelns schien für sie der Vergangenheit anzugehören, wie auch der leeren Blick im Augen des Opfers, welche am Boden lag.

„Was soll ich denn tun?", überlegte Vardan leicht betrübt.

•

Tränen stiegen dem grauhaarigen Mann in die Augen, als er zum Spiegel schaute.

In seiner linken Hand hielt er einen Brief an Herrn Heinrich Bergstrom, wie er selbst hieß. Sein Magen schmerzte, und er bekam das Gefühl, er würde erneut erbrechen. Schweiß bildete sich auf seiner Stirn, und er holte den Brief wieder hervor.

Das Blatt hatte er bereits ein paarmal zusammengedrückt, und einige Teile des Berichts waren sogar nicht mehr lesbar.

Es war klar, dass seine Blutwerte und die Zusammenfassung seines Onkologen bestens begründet waren.

„Weniger als ein Jahr", sagte er in Gedanken zu sich selbst.

„Zu schwach für eine Therapie, zu arm, um gerettet zu werden", verstand er.

Er lief wieder zum Wohnzimmer seins Appartements und schlug die Badezimmertür heftig hinter sich zu.

Auf einer alten Kommode standen Kerzen, goldene Teller und andere Objekte vor einer Hindufigur aus unbestimmter Herkunft. Für diejenigen, die sich damit nicht auskannten, war es nur Dekor. Für alle anderen ein Altar.

Dort nahm er einen blauen Flakon und hielt diesen mit beiden Hände fest. Er entfernte den Verschluss der Flasche und roch die billigen, mit Ethanol vermengten Essenzen.

Er erkannte, dass keine Wissenschaft oder Logik seinen Altar erklären könnten, aber der Zweifel am System und seine Ratlosigkeit brachten ihn in diese Situation.

Er sprühte vom Inhalt des schamanischen Pomanders dem Wolfsblut um sich in die Luft, wie auf dem Aufkleber des Flakons zu lesen war.

Das Aroma stieg ihm in die Nase, und er überlegte kurz, dass dies eher dem Urin des Wolfs ähnelte als anderen Säften des Tieres.

„Sie meinte, dass ich überleben kann, wenn ich fest daran glaube."

•

„Home-Office, bäh." Fluchte laut eine, über fünfzig Jahre alte Frau. Dynamisch bis zum Übermut, und widerspenstig wie seit ihre Jugend. Sie lief hin und her in ihrem Arbeitszimmer, wo sie für den Sender Semper-TV zur Verfügung stand.

„Wenn ich wieder einen Haufen Zeitungsbeiträge zum Lesen und Klassifizieren bekomme, gebe ich auf", monierte Sie.

Sie prüfte ihren Rock und stellte fest, dass sie wieder zugenommen hatte. Ohne Bewegung und den ganzen Tag in der Erwartung einer Aufgabe fühlte sie sich immer wieder zum Kühlschrank hingezogen. Sie mied Zucker und Fett, aber sie empfand, als sei sie zu einem Magnet für alle andere Kalorien geworden.

„Oh! Etwas Neues. Steigende Zahlen von Infizierten, Toten und Arbeitslosen", macht sie sich über ihre Situation lustig.

Sie hielt ihren Arbeitstisch penibel sauber für den Fall, dass sie wieder einen Video-Call, oder ein Interview sendete. Seit zwei Tagen wiederholte sie nur Nachrichten aus den Vereinigten Staaten, und das war für sie ausgesprochen langweilig. Mitten in diesen Gedanken wurde sie aus ihrer Unruhe, durch das Schrillen des Telefons herausgeholt.

„Um Himmels willen." Sie fasste sich vor Schreck auf der Brust und bewegte sich in Richtung des unheimlichen Apparats.

„*Ich muss diesen Ton mal ändern*", nahm sie sich auf dem Weg dorthin vor.

„Agnes Mohr am Telefon." Sprach sie mit klangvoller und einnehmender Stimme. Diese Selbstvorstellung trug sie gerne ungeheuer dramatisch vor. Sie hoffte auf einen Bewunderer, jemand, der sich ein Autogramm wünscht oder einen Hinweis zu einer tatsächlichen Reportage.

„Hallo Agnes, hier ist Vardan", sagte sich fast entschuldigend ihr Manager.

„Ach ja. Wie lange werde ich in diesem Kerker festgehalten? Ich muss raus. Gib mir etwas zu tun", flehte sie.

„Ja. Ich war bei Kjell." Vardans Stimme klang etwas deprimiert. Er kam als Baby mit seiner Familie aus Indien und wuchs in Deutschland aus. Ihm fehlte das Selbstbewusstsein, das bei Kjell zu ausgeprägt war, überlegte Agnes, dabei nahm sie auf dem Sofa Platz.

Sie mimte Vardans Gesichtsausdruck in Zeichen des Protests und der Missbilligung seiner Haltung.

„Was für ein Wurm" bewertete sie.

„Denkt er wieder, mich mit einer Intrige aus dem Sender rauszuwerfen?", konfrontierte Agnes ihn und setzte eine Pause, damit er seine Worte genauer überlegte.

Vardan kannte ihre Wutausbrüche und war immer vorsichtig, wenn er sich mit ihr unterhielt.

„Er wird dich niemals rauswerfen. Er ist mindestens schlau genug, sich mit den Investoren nicht anzulegen, und er ist sich deines Einflusses bewusst."

„Gut gekontert, jetzt raus mit der Sprache, du mieser Kriecher." Agnes hätte ihn gerne ausgeschimpft, aber sie hielt es für besser, ihn nicht wieder zu erschrecken.

„Es ist diese Frau im Park, die tot umgefallen ist. Die Presse munkelte, dass sie Corona hatte und viele infiziert hat. Traust du dich, das zu untersuchen? Kjell will, dass wir dies möglichst bald im Programm haben. Und wenn sie nicht Corona hatte, werden wir uns als saubere Presse bezeichnen. Es geht darum unsere Zuschauer weiter mit abweichenden Nachrichten zu unterhalten. Alle sitzen zu Hause und können nicht mehr jeden Tag das Gleiche hören." Vardan fuchtelte mit seinen Händen, vermutete sie, weil seine Stimme unterschiedliche Entfernungen zum Apparat erkennen ließ.

„Klar, mache ich gerne. Ich muss aus dem Haus, und ich hätte alles gegeben, um etwas zu arbeiten. Ich hätte es dir auch per E-Mail beantworten können. Schickst du mir die Daten?", bat sie.

„Habe ich bereits getan. Sie hieß Katharina Gorny. Ich hätte gern, dass Tinu während der Recherche deine Sendung übernimmt. Sie ist neu, aber auch sie muss irgendwann mit den Größten lernen." Die Schmeichelei besänftigte Agnes. Kjells Versuch die neue Mitarbeiterin an ihrer Stelle in die Nachrichten einzuschleusen misslang mehrmals.

„Vardan, lass es bitte sein. Dieses billige Flittchen hat Kjell in einer Absteige kennengelernt, und was sie im Vorstellungsgespräch geleistet hat, damit er sie einstellt, wollen die Götter nicht wissen. Sie ist nicht ehrlich, und das hat mich bereits gewarnt. Ich habe noch nicht alles über sie herausgefunden, aber es dauert nicht mehr lange. Ich kann es nicht fassen. Nur weil sie jünger ist und mit dem Hintern mehr als jede Hure in der Piazza Pascale in Rom wackelt, macht sie dies nicht zu einer Reporterin." Agnes sprach in Wut, und Speichel bildete sich im Überfluss, wodurch sie klang, als würde sie bald ersticken.

„Beruhige dich. Sie ist keine Reporterin, sie ist nur Moderatorin. Du hast eventuell ein falsches Bild von ihr. Lassen wir das Thema, aber ich will nicht, dass du zu den Aufnahmen zu spät kommst. Wir haben kein Geld für Verspätungen." Vardan versuchte, sich vor einem weiterer ihrer Ausbrüche zu retten, und war dabei sich zu verabschieden, aber Agnes unterbrach ihn.

„Dass du sie noch verteidigst und mit solchen billigen Tricks ..."

„Schatz, tut mir leid. Das Auto fährt in einen Tunnel." Er legte auf und ließ sie weiterfluchen.

„Arschloch. Er hat kein Auto."

Agnes öffnete ihr Laptop und sah ihr Gesicht auf dem ausgeschalteten Bildschirm widerspiegeln. Trotz Make-up und die vielen dermatologischen Behandlungen, war ihr schlimmster Feind die Zeit, die ihr jeden Tag näher kam und ihr eine neue Falte hinzufügte oder vorhandene vertiefte. Ihre grauen Strähnen wandelten sich von einer eleganten Verzierung in ihrer Frisur zu einer Last.

Hoffnung war das Letzte, was sie zurzeit besaß.

•

Ein Flakon traf den Spiegel an der Wand, gefolgt von einem Schrei. Heinrich Bergstrom sank auf seine Knie und er verlor seine Stimme. Fast erstickte er an seinem Schluchzen. Ein Stöhnen versuchte, sich durch seine eingedrückte Kehle zu drängen, aber mehr als alles litt seine Seele am Schmerz der Wahrheit, die er bisher er verleugnet hat.

Der März war kalt in München, und die Menschen waren weg. Dieser Zustand in der Stadt setzte ihm zu, und seine Depression übernahm das Zentrum seines restlichen Lebens.

Vor seinen Augen liefen die letzten Monate ab. Es begann alles harmlos mit einem Gefühl von einem Brotkrümel am Hals, und die Ärzte haben nur eins von ihm gewollt, seiner Versichertenkarte.

„Keiner außer meine Heilerin interessiert sich ein Dreck über meine Genesung. Nur meine Asuma[1]", monierte er resigniert.

Der Raum um ihn schien zu glimmern. Die Lichter waren nicht gelblich wie sonst. Sie übernahmen einen Lilaton in der Umgebung.

---

[1] Hinduistischer Dämon, der das absolut Üble an einem Menschen darstellt.

Seinen Magen war wie leer, aber Hunger hatte er nicht, und er empfand den Aufwand für Essen als vergeudete Zeit. Er hievte sich hoch und versuchte, Kontrolle über seinen Ausbruch zu bekommen. Aber seine Enttäuschung mit Ärzten, Hilfsgruppen und seine Familie kam blitzartig in seine Erinnerungen und erlaubte ihm nicht, sich abzuregen.

„Ich habe selbst die Vibrationen zu deinem Pomander vorgenommen", hörte er, wie die Heilerin Fenja einmal zu ihm sagte. Vor seinen Augen waren nur ihre rosa bemalten Lippen zu sehen.

„Ein Mensch produziert keine Vibrationen", sagte sein rationales System. Er war mal ein hochqualifizierter Ingenieur. Wenige könnten dies besser wissen als er selbst.

Er schaute auf die Kommode und nahm den zweiten Flakon. Diese waren in Reihe angeordnet, sie sahen wie Zinnsoldaten aus. Der Aufschrift ‚Cannabis-Extrakt' wurde durch pseudo-pharmakologische Abkürzungen aufgewertet, die etwas Nichtssagendes geheimnisumwoben erscheinen ließ.

Er tropfte sechs Tröpfen unter die Zunge und lief mühsam zum Sofa. Er nahm Schreibblock und Kugelschreiber. Er wischte eine Träne ab und schaute sich in der Wohnung um.

„Keiner hat mich je geliebt", stellte er fest.

Er erkannte, dass seine erfolgreiche Karriere ihm jede Chance für eine Liebe genommen hatte, und letztendlich die gleiche wird ihn das Leben nehmen. Sein Krebs war vermutlich eine Folge von ständigen Mikroverletzungen an seiner Kehle, die er sich in verschiedenen Minen, wo er immer wieder war, geholt hatte.

In seinen Bücherregalen standen zahlreiche Bücher über Depression und Methoden, diese zu bekämpfen. Dort waren ebenfalls Prospekte von Ärzten und Hilfszentren. Das positive Denken machte die Annahme von Hilfe unmöglich. Dies war seine Therapie, die ihn übermütig und weniger empfänglich für sein eigenes Selbsterhaltungssystem machte.

Er listete seine Aufgaben, die er noch zu erledigen hatte, bevor das Unvermeidliche seines Leidens kommen würde.

„Für jeden kommt ein Ende", drängte sich der Gedanke in sein Gehirn.

Er trank den halben Flakon des Cannabis Extrakts, da er keine Wirkung spürte.

Eine Stunde lang schrieb er auf dem Block, ohne genau auf die Worte zu achten. Es war so, als strebte er nur an, die letzten Tage seines Lebens sinnvoll zu verbringen.

Der Raum verdunkelte sich, als die Wirkung des Cannabis Extrakts einsetzte. Er stand auf, holte sich die Flasche und ließ die Flüssigkeit in seinen Mund rinnen.

„Was kommt als Nächstes?", hörte er die Heilerin Fenja sagen. Nur ihre Lippen bewegten sich vor seinen Augen.

•

Zurzeit der Corona-Pandemie entdeckte man die Net-Meetings. Wie zu erwarten war, sind sämtliche Experten zu diesem Thema aus allen Ecken erschienen und berichteten über Erfahrungen, die bis zum Mittelalter reichten. Ungeachtet, dass die wiedergegebene Erkenntnisse kaum wahr sein könnten und die technischen Voraussetzungen absolut unreif waren, befürchtete das gesamte Management, den Job los zu sein, wenn sie die Wahrheit ausgesprochen hätten.

„Agnes ist, wie sie ist, Kjell", sagte eine blondierte Frau vor einer der Kameras in dem Net-Meeting. Ihr Oberteil war viel zu freizügig für diese Jahreszeit, und goldener Schmuck präsentierte sich um ihr Hals und am Ohr. Sogar bei Sticheleien lächelte sie zauberhaft, und bei den passenden Zuschauern, wie Kjell einer war, wirkte sie betörend, wie er unüberhörbar meinte.

„Tut mir leid Tinu, aber sie ist hier seit vielen Jahren unser Star. Sie hat etwas mehr Respekt verdient." Vardan hielt viel von Agnes Arbeit, und die frecher Art des Mädchens fand er inakzeptabel. Tinus wahrer Name war Christina, aber sie verlangte, dass alle sie mit einem erfundenen Pseudonym ansprechen. Angeblich hätten Brasilianer sie so während eines Urlaubs genannt.

„Ich wäre gerne dabei gewesen. Da seht ihr, dass sie, wie ich immer sage, eine Furie ist. Sie ist arrogant, unkooperativ und gefährlich." Ein glatzköpfiger Mann Ende Fünfzig lachte und jubelte vor der Kamera und täuschte gutherzig Laune vor.

„Gerold, du übertreibst. Wir haben uns nicht für solche Tratschen verabredet, sondern um zu überlegen, wie wir mit reduziertem Personal die Sendung belegen. Wenn wir weitere Ausfälle, Verspätungen oder Wiederholungen spielen, kürzt uns die Produktion das Geld." Kjell klang sachlich, derweil Tinu versuchte, die Kamera anders zu positionieren, damit man nicht erkennen konnte, dass sie eigentlich in Kjells Wohnung saß.

„Ich kann gerne die Sendung moderieren. Es ist so wieso nur den Teleprompter ablesen, und das kann ich." Tinu gab sich selbstsicher und rechnete mit Kjells Zustimmung. Semper-TV hatte nur die täglichen lokalen Nachrichten und einzelne Projekte, daher war die Konkurrenz zum Nachrichtensprecher auch nicht neu im Sender, aber keiner der Manager war in der Lage dies je abzustellen.

„Schätzchen, die Aufgabe besteht aus mehr als dem, was nur ablesen benötigt, um unsere Arbeit professionell durchzuführen. Wenn unsere Arbeit zu machen so einfach wäre, hätten wir einen Papagei engagiert", warf Gerold leicht irritiert ein.

„Oh, oh. Agnes ist eine Furie, so, so. Wen wundert es", kommentierte Tinu parallel zu Vardan gerichtet. Sie schien nicht sonderlich begriffen zu haben, dass alle sie gleichermaßen hören konnten.

„Tinu geht zum Studio um bei Bedarf einzuspringen. Ich weiß nicht wie lange Agnes mit der Recherche unterwegs sein wird. Es scheint interessant zu sein, was wir hereinbekamen. Eine Frau ist mitten in einem Vortrag der Corona Skeptiker zusammengebrochen. Viele vermuten, dass sie selbst krank war, und andere sagten, dass sie zu alt war und dies normal sei. Egal wie, wenn wir daraus eine Sensation in der Presse bringen könnten, würden wir unseren Zuschauern etwas Neues bieten, und die Produzenten würden uns nicht mehr unter Druck setzen." Kjell versuchte, allen die Lage zu erklären, aber insbesondere befürchtete er, seinen Job zu verlieren. Im derzeitigen Arbeitsmarkt wäre er verdammt, als arbeitslos zu vegetieren, da ihm bewusst war, dass in seinem Lebenslauf die Hälfte der Angaben aus wohlformuliertem Eigenlob bestand.

Gerold schaute auf die Details im Hintergrund der Kollegen im Net-Meeting. Für den Bruchteil einer Sekunde erkannte er ein Poster an der Wand hinter Tinu. Es war ein Plakat zum Relaunch seiner Sendung vor zwei Jahren, das er Kjell schenkte, als dieser zu Semper-TV kam. Dies war klar seine Wohnung. Seine Ohren folgten zwar weiter der Diskussion, aber seine grauen Zellen begannen heftig zu arbeiten und die Konstellation im Sender zu kombinieren.

„Darf ich bereits über die Untersuchung des Vorfalls im Leopoldpark berichten?", versuchte Tinu sich in Agnes Projekt einzumischen.

„Wenn du das machst, werde ich auf deinem Begräbnis nur sagen, dass ich dich gewarnt habe", intrigierte Gerold.

„Was soll das? Sie ist eine Mitarbeiterin des Senders wie jeder von uns", sagte Tinu in einem Anfall dramatischen Jähzorns.

„Liebes, rede nicht über etwas, das du nicht kennst", kontert Gerold.

„Danke Tinu. Wir sehen uns später im Studio, und du musst nichts anderes tun, als den Teleprompter abzulesen, falls Agnes nicht kommt. Und wenn sie kommt, verschwindest du durch die hintere Tür." Vardan schaltete Tinus Verbindung ab.

„Ich glaube, sie wollte noch etwas sagen", monierte Kjell.

„Du kannst sie fragen, wenn du zum Wohnzimmer gehst", gab Gerold seine Erkenntnis preis und schaltete seine Verbindung ab.

•

Der verfallende Mann zog seine beste Kleidung an. Er hatte keine große Auswahl mehr, aber er prüfte im Spiegel und war mit dem Ergebnis zufrieden.

Der Cannabis-Extrakt hatte ihn etwas benebelt und seinen Magen mehr verdorben als die Arzneien, die er von seinem Arzt verschrieben bekam.

Mit verhaltener Eleganz bewegte er sich zur Küche und holte alle Heilmittel in einer Plastiktüte.

„Medikamente sind Gifte für die Umwelt", beschwor eine Stimme in seinem Bewusstsein.

Seine Beine wurden wackelig. So entschied er sich, langsamer, aber gefahrlos zu flanieren.

An der Treppe des Altbaus schaute er zur Sicherheit, dass seiner Wohnungstür hinter sich abgeschlossen wurde.

Er nahm einen Schritt nach dem anderen und versuchte, die betäubten Schmerzen zu ignorieren. Trotz Betäubung war ihm klar, dass sie da waren, und mit jeder weiteren Minute wurden sie bemerkbarer.

„Ich werde eher von diesen Medikamenten krank als von meiner Krankheit", urteilte er. Er trug unter seiner Kleidung ein Medaillon mit einem Mandala. Die Heilerin meinte, dass dies seine positive Kraft stärken und ihn in seiner Entschlossenheit festigen würde.

Er erreichte die Reichenbachstraße in München Glockenbacher Viertel und blickte auf leeren Cafés und geschlossene Geschäfte.

Die Stadt, die einmal Freude und Spaß am Leben für Heinrich bedeutet hatte, kündigte in einigen Zeitungen an, dass das Oktoberfest abgesagt wurde. Die Apotheke in der Nähe des Baldeplatzes war offen. Er legte seinen Fuß an die Tür, und sein einnehmendes Lächeln wurde von einer barschen Dame unterbrochen.

„Setzen Sie Ihre Maske auf, oder bleiben Sie draußen, bis sie das getan haben", befahl sie.

„Freundlichkeit ist fakultativ", rezitierte er in Gedanken und lächelte, bevor der dem Befehl folgte.

Sein Lächeln hinter der Maske schmolz langsam, wie die Enttäuschung mit der Menschheit in seinem Bewusstsein wuchs.

„Ich muss nicht ihr Geschäft betreten", schrie er und warf die Tüte mit den alten Medikamenten in Richtung Verkäuferin. Der Inhalt verteilte sich im Verkaufsraum und die Dame schrie erschrocken.

„Behalte diesen Scheiß, du dumme Sau." Seine Stimme wuchs umso hysterischer und er ignorierte die Proteste hinter sich und lächelte, als er weiter voranschritt.

„Schade nicht deinem Kharma." Setzte er sein Mantra fort.

Er beabsichtigte weiterzuspazieren, aber die Farben um seine Augen wurden dunkler und er war gezwungen, sich hinzusetzen. Fern im Hintergrund nahm er, die zusätzliche Proteste der Apothekerin wahr, aber ignorierte diese.

„Mit meinen Vibrationen werden die Diagnosen der Ärzte neutralisiert. Du bist geheilt." Die Heilerin Fenja küsste den Flakon, und ihre zarte Hand berührte ihn. Er erinnerte sich an diesen Moment. Es war von da an, dass ihm dieser Schimmer folgte.

„Sie sagte, dass die Lichter meinen Schutzengel sind", versuchte er sich mit Mühe zu erinnern. Er fühlte sich zu mitgenommen und seine Gedanken waren nicht bei der Sache, sondern kamen wie kurze Deja-vus.

Seine Pergamentfarbigenhaut schien ihm fremd zu sein.

„Wenn ich meinen Pomander anwende und meinen Schutzengeln helfen, werde ich geheilt sein", sagte er laut zu sich selbst, aber seine Stimme klang ihm ebenfalls fremd. Der Wind blies ihm kühl ins Gesicht, und die Feuchtigkeit wirkte kälter, als erwartete.

Das Dunkel, das ihn begleitete, war wie eine Wolke, näherzurücken schien.

„Komm zu mir, meine Engel", kam in seinen Gedanken.

●

Nach der Telefonkonferenz kochte sich Vardan einen Tee.

„Ich muss mich beruhigen."

Die Eskalationen von Gerold und Agnes waren jeden Tag eine Tortur, und neue Kollegen wurden ständig zum Ziel ihrer Attacken. Er war sich sicher, dass eine Liebhaberin im Sender einzuschleusen nicht zu Kjells besten Entscheidungen gehörte.

„Habe ich sie verführt? Oder sie mich?", protzte sein Kollege manchmal vor ihm, ohne zu verstehen, dass Vardan Kjells angeblich männliches Gehabe als primitiv verstand.

Er sah, dass wenn Gerold oder Agnes ernsthaft in den Büros der Produzenten deren Einfluss nutzen würden, wäre dies für ihn selbst, Kjell und Tinu der erste Schritt auf dem Weg zum Arbeitsamt.

Er war seit weniger als zwei Jahren beim Sender, und er lernte, dass diese beide Reporter die wirkliche Bosse von Semper-TV waren. Er respektierte sie und mied Konfrontationen. Doch Kjell war zu neu im Sender und ob er die Situation je begriff, schien ihm nicht klar zu sein.

Auf seinem Tablet öffnete er einen Brief, den er vor einer Woche gelesen hatte. Der Absender schien nur ein aufgeregter Mediziner zu sein, der sich gegen die Heilkundigen wehrte. Dieser Streit zwischen Ärzten und Heilpraktikern war schon lange in den Medien, und während einer Pandemiezeit war zu erwarten, dass er wieder ausbrechen würde.

In dem Brief schrieb ein Doktor Hille über Patienten, die aus eigener Überzeugung seine Behandlung abgebrochen hatten und infolgedessen gestorben sind.

Weiterhin berichtete er über andere Vorfälle, die er von Kollegen erfahren hat. Er lieferte Informationen und Kontaktdaten in einer fast zu langen Liste.

Vardan fiel auf, dass der Namen einer Patientin aufgelistet war, die neulich die Leistungen der Praxis von Doktor Hille gekündigt hatte.

Es war der gleiche Name, wie der, der verstorbenen Frau im Leopoldpark, Katharina Gorny.

Er schaltete seinen Laptop ein und rief Gerold in einem Videogespräch an.

„Was ist?", sagte dieser leicht irritiert von der anderen Seite.

„Ich habe ein Schreiben von einem Arzt bekommen und dies könnte interessant sein. Endlich etwas anderes als die Mainstream-Medien berichten, und ich denke, du wurdest gerne darüber berichten. Ich werde am Nachmittag im Studio sein. Kümmere dich bitte um diesen Arzt. Mach ein Interview. Eventuell wäre das ein Highlight. Ich habe gerade alles per E-Mail gesendet." Das kurze Gespräch endete wie immer abrupt. Vardan ließ seinen Kollegen nicht in Gelaber überspringen. Gerold hörte sich gerne reden und er war nicht in Stimmung dafür.

Vardan holte seiner Teetasse und versuchte, sich mit dem Kamillenaroma zu beruhigen. Er sah keine glänzende Zukunft mehr vor sich. Er war sich sicher, dass in absehbarer Zeit, einer von Kjells Freunden ihm anbieten würde, ihn in seine Arbeit zu unterstützen, und sechs Monate später würde er den Sender verlassen. Er hatte das Alter eines extrem motivierten jungen Mannes überschritten und das Management suchte immer nach solchen, um die Sendung zu koordinieren. Er öffnete die Chatbox mit Kjell und schrieb:

„Ich denke, ich weiß, wie wir uns von unseren zwei Problemen befreien, die wir besprochen hatten. Reden wir darüber im Studio."

Er schaute von seinen Händen auf und sah, wie sich diese mit der Zeit veränderten.

•

Einsam und nachdenklich bewegte der Mann sich in Richtung Reichenbachbrücke. Er schien orientierungslos zu sein, und seine Augen glänzten, aber keiner bemerkte dies in den leeren Straßen.

„Wozu Liebe?", sagte er, als würde er eine Liste abhaken.

Nur wenige Personen waren zu sehen. Die Polizei lief Streife und sagte durch die Lautsprecher, dass alle zu Hause bleiben sollten. Doch sie achteten nicht auf den grauhaarigen Mann, der zielstrebig weiterlief.

Heinrich stellte fest, dass Menschen über einem gewissen Alter unsichtbar werden.

„Zu alt, um ein guter Käufer zu sein. Zu grau, um gesehen zu werden", flüsterte es in seinem Bewusstsein.

„Keine Verantwortung", sagte der Mann zufrieden und ignorierte die Welt, die ihn nicht mehr wahrnahm.

Seine Stimmung schwankte zwischen zwei Extremen, die ihn nicht zu interessieren schienen. Er knöpfte sein Hemd auf und ließ sein seidenes Halstuch, im wilden Wind flattern. Er schaute ins Leere, und das Tuch schwebte unvorhergesehen weg.

„Kein Besitz."

Er merkte, wie die unsichtbare Dunkelheit ihn umfasste und in ihre Kälte hineinzog. Aber seine positiven Gedanken überzeugten ihn, dass er sich darin von seinen Sünden befreien und sein Karma heilen würde.

Das Tuch wurde von einer Windböe in die Höhe gewirbelt und Heinrich erfasste eine unvergleichliche Freude, die doch ein Ende suchte.

●

Agnes bekam die Daten der verstorbenen Katharina Gorny. Damit suchte sie in der Nachbarschaft in Perlach nach Informationen. Sie rannte, um ihre Sendung nicht zu verpassen, insbesondere weil sie wusste, dass Tinu, die neue Mitarbeiterin auf der Lauer sein würde, um ihre Vertretung zu übernehmen.

„Irgendetwas an diesem Mistvieh irritiert mich", dachte sie beiläufig.

Tinus Hilfe abweisen, schien wichtig zu sein, aber auf andererseits war sie mit ihrer Ermittlung endlich wieder aktiv auf der Straße wie zu Beginn ihrer Karriere.

„Soll diese Kuh die Moderation machen."

Sie las eine Namensliste der Personen, die an dieser Protestaktion am Leopoldpark teilnahmen. Diese hatte sie unter der Hand von einem Kontakt bei der Polizei bekommen. Sie hätte sich diese Liste selbst beschaffen können, aber einige ihre Beziehungen halfen ihr im Laufe ihrer Karriere als Ermittlungsreporterin.

Sie kam in die Urbanstraße in Münchens Süden, einen alte Gebäude sehnte sich nach einer Renovierung und sie stellte viele leere Wohnungen darin fest. Sie las die Namen auf den Klingeln und wurde fündig.

„Kaschewski", war rau aus der Sprechanlage zu hören.

„Wir haben telefoniert. Ich bin Agnes Mohr, die Reporterin." Sie erwartete ein großes Jubeln, das auf sich warten ließ. Der Türsummer ertönte und sie überwand Frau Kaschewskis fehlende Begeisterung der und ging ins Gebäude.

Wie viele Konstruktionen aus den siebziger Jahren in München war das Innere kühl und ohne Verzierungen. Alles pragmatisch, linear und wiederholend gleich und eintönig. Sie erreichte den vierten Stock, es roch leicht muffig.

„Wasserschaden, Schimmel und bestimmt Urin. Was für eine Spelunke", urteilte Agnes im Flur.

Die Dame hatte die Tür offengelassen. Sie sah das Licht der Wohnung auf dem Boden in der Mitte des Korridors reflektieren. Sie kam an der Tür und erwartete eine Reaktion.

„Frau Kaschewski?", fragte sie, als keiner kam.

„Kommen Sie rein und lassen Sie die Schuhe an der Tür", befahl die Dame, die ihren Kopf zur Diele reckte.

„Was für eine Menagerie!", konstatierte Agnes im Eintreten.

Sie betrachtete erstaunt die fernöstlichen Elemente, Buddhas und Tempeltänzer. Eklektische Sammlungen aus vielen Kulturen kämpften um Harmonie.

Ein Inder mit einem Schwert in der Hand und überdimensionalem Schnurrbart stand auf einer kleineren Kommode.

„Abscheulich. Gütiger Himmel. Wo ist ein Blitz oder Erdbeben, wenn man eins braucht", sagte sich Agnes.

Frau Kaschewski trug ihre Haare offen, was nicht der Normalfall zu sein schien. Sie sah auffallend aus, aber Agnes war erfahren und ließ sich nichts von ihrer Überraschung anmerken.

„Sie sind wirklich diese Dame von den Nachrichten." Frau Kaschewski zeigte dabei auf einen Stuhl, wo Agnes Platz nahm.

„Danke, dass sie sich die Zeit nehmen." Agnes holte ihren Block heraus und die Gastgeberin servierte ohne weitere Nachfrage eine Tasse Tee.

„Zucker?", fragte Frau Kaschewski.

„Nein danke." Agnes bemerkte, dass die Dame Amulette um den Hals trug, die sie nicht kannte. Diese waren eine Mischung aus ägyptischen und New-Age-Hexerei-Motiven, die sie seit vielen Jahren nicht mehr gesehen hatte.

„Mandalas. So heißt das, glaube ich", urteilte Agnes in Gedanken.

Sie zog ihren Mundschutz ab und schaute die Dame an, die, die Schutzmaßnahmen verweigerte.

„Erstaunlich, wie gehörsam ihre Bakterien sind. Wenn Sie sitzen, springen sie nicht mehr zu anderen. Man kommt sofort auf der Idee, dass die einzige Öffnung, wodurch die Bakterien entweichen vom Stuhl geschlossen wird", sagte Frau Kaschewski leicht schrill und endete den Witz mit einem etwas unheimlichen Lachen.

„Oh je. Das wird noch heiter", urteilte Agnes.

Sie wurde leicht verunsichert und wollte ihren Mundschutz wieder aufsetzen, als der Protest der Hausherrin sie abhielt.

„Lassen Sie den Unsinn. Ich glaube nicht an Masken." Der Tee schwappte leicht über ihre Tasse, und sie beendete ihren Protest mit zwei Keksen in ihrem Mund. Der Ton, des zermalmten Gebäcks, der zwischen Frau Kaschewskis Zähnen zu hören war, konnte man kaum als erträglich bezeichnet werden.

„Waren Sie nur Aktionsmitglieder, oder waren Sie mit Frau Gorny privat befreundet?" Agnes bemerkte, dass ihre Teetasse in hohem Grade alte Flecken hatte, und ekelte sich leichten vor dem Porzellan.

„Wir waren einigermaßen gute Freundinnen. Wir sind vor dieser Corona geschützt. Wir tragen die Hand der Asura." Frau Kaschewskis orakelhafter Blick wollte etwas andeuten. Eine indirekte Einladung an die Reporterin, diesbezüglich nachzufragen. Agnes wusste diese Art der Hinweise, bestens zu deuten.

„Blödsinn", meinte sie und übersah die Andeutungen.

„Ich habe bisher sehr wenig erfahren, aber Sie und Katharina Gorny haben diese Protestaktion organisiert, nicht wahr?" Ihre Skepsis verbarg sie unter einem flachen Lächeln.

Agnes Hals war trocken, und fast hätte sie etwas vom Tee genommen, wäre nicht ein weiterer Porzellanfleck auf ihrer Tasse aufgefallen.

„Wir waren am Leopoldpark, um den Menschen zu helfen. Wir haben alle über unsere Heilung berichtet. Corona kann uns nicht ins Knie zwingen." Frau Kaschewskis Augen wurden während ihrer Erzählung breiter und glänzender.

„Klar Sie dumme Sau, die Lungen sind nicht im Knie.", hätte sie leicht genervt gerne ausgesprochen.

Ein unangenehmes Aroma machte sich breit und Agnes war unklar, ob der Tee so ungewöhnlich roch, oder Frau Kaschewski an Flatulenz litt. Sie kannte dieses Problem und drehte diskret ihren Kopf zur Seite.

„Macht es Ihnen etwas aus, wenn ich das Fenster aufmache? Es ist mir etwas zu warm heute.", entschuldigte Agnes sich und eilte zum Fenstergriff.

Als sie wieder zu ihrem Platz kam, bemerkte sie, dass nicht der Tee streng roch.

„Wir sind geschützt.", fügte Frau Kaschewski hinzu und kratzte sich überall.

Agnes war bereits mit vielem konfrontiert, aber zum ersten Mal in ihrer Karriere war es ihr äußerst unangenehm. Sie überlegte, ob Frau Kaschewski mental gesund war.

„Wie meinen Sie das?" Agnes versuchte, die Quelle des Geruchs zu ermittel und hob ihre Teetasse nah an ihre Nase.

„Nee. Der Tee riecht nach gar nichts", überlegte Agnes.

Frau Kaschewski begann zu berichten, wie sie und Katharina, wie die Verstorbene hieß, sich das ausgedacht hatten und den Erfolg, den sie für ihre Erkenntnisse über Heilungsmethoden, basierend auf positiven Gedanken. Agnes hörte, ohne reagieren zu können. Sie hat das Gefühl, als würde der Gestank, den sie wahrgenommen hatte, sie langsam zum Ersticken bringen.

Sie sah, wie der Raum uneben wurde, und sie hielt sich an ihrem Sessel fest.

„Ich muss leider gehen" murmelte Agnes und versuchte vergebens, aufzustehen.

„Unsere Heilerin hat uns immun gegen Corona gemacht. Sie müssen einen Weißen Topas oder ein Mandala tragen und sich von unserer Heilerin segnen lassen."

„Diese Frau ist verrückt. Ich muss raus." Agnes sammelte ihre ganze Kraft, stand auf und ließ einen Laut von sich.

„Hier ist die Adresse meiner früheren Heilerin. Sie wird ihnen auch helfen. Fenja hat nie Zeit, und sie will nicht, dass wir ihr noch mehr Klienten senden", beschwor Frau Kaschewski.

Der Gestank schien an ihrer Haut zu haften, und ihr wurde übel. Ihre Interviewpartnerin redete unaufhörlich, und Agnes überlegte, ob ihre Hormonen verrückt spielten.

„Ich muss wirklich gehen, vielen Dank für ihre Zeit." Sie bewegte sich weiter zur Tür und versuchte, ihre Zerschlagenheit zu verstecken. Sie erreichte die Tür und schaute zum Fenster am Ende des Korridors. Sie bemerkte, dass die Sonne tief stand. Unbemerkt lief dieses Interview länger, als sie sich erwünscht hatte.

Agnes verabschiedete sich oberflächlich, sofern sie sich entsinnen konnte.

Auf der Straße war der Geruch, der sie so störte, weiterhin bemerkbar, wenn doch nicht mehr dominant. Ein leichtes Jucken am Hals irritierte sie und sie kratzte sich.

„Ich hoffe, ich habe mir nicht die Krätze geholt" fluchte Agnes leicht schwindelig.

●

Die Reichenbachbrücke spannt sich über einen beliebten Strand an der Isar. Seit Ankündigung der Pandemie war der Stadt fast wie leer, und wegen der herrschenden Frühlingskälte waren kaum Menschen auf der Promenade oder am Flussufer. Der etwa fünfzigjährige Mann lächelte die Passanten an, und diese wichen ihm aus.

„Ich habe zwar keinen Mundschutz an, aber ich bin immer noch ein Mensch", schrie er verzweifelt innerlich.

Einige wenige Personen schrien hinter ihren Masken Unhörbares und produzierten Speichel im Überfluss.

Sie beschimpften ihn und trugen unverständlichen langen Argumenten vor. Er aber lächelte zufrieden mit den Leben und resigniert angesichts der Gesellschaft, der ihn mobbte.

„Ich pfeife auf eure Masken", sang er in Gedanken und forcierte seine positive Einstellung gegen die Tränen der Enttäuschung, die ihn überwältigten.

Er achtete nicht auf die Kälte, zog seinen Mantel entschlossen aus und ließ diesen, über die Brückenmauer hinabfallen.

Er sah, wie der Mantel vom Wasser getragen wurde, und lachte laut. Am Anfang der Brücke schaute eine Kioskverkäuferin zu und überlegte, ob dieser Mann besoffen war.

Sie war etwas beunruhigt, als er auf die Mauer stieg.

„Oh mein Gott", schrie sie und lief, so schnell wie ihre Beine dies schafften, in seine Richtung.

„Runter, runter. Depp", brüllte sie kurzatmig in eine Mischung aus Autorität und Ohnmacht.

Sie war etwas besorgt, weil ihr Kiosk unbeaufsichtigt blieb, aber da kaum eine Seele in der Nähe zu sehen war, war sie entschlossen, den Besoffenen von der Brücke zu holen. Während sie sich dort hinbewegte, rief sie über ihr Handy die Polizei an. Sie hatte Erfahrung mit Polizeianrufen, da sie nicht selten, mitten in der Nacht einen ungewollten Gast abführen ließ.

„Komm runter, du Spinner", protestierte sie, unter Atmungsbeschwerden. Die tief liegender Sonne verabschiedete sich am Horizont und lieferte der Stadt einen goldenen Mantel, welche unter anderen Umständen *malerisch* bezeichnet werden könnte.

„Ich bin ein Sieger. Keine Krankheit wird mich je niederkriegen." Er sprach wie, zu einem nicht vorhandenen Publikum. Um ihn verdunkelte sich die Luft, als würde ein Schatten ihn umhüllen. Die Frau sah dennoch die Gestalt nicht, weil ihre ganze Aufmerksamkeit dem Lebensmüden galt.

„Du holst dir den Tod. Runter sag ich", befahl sie und schaute, ob die Verbindung zur Polizei hergestellt war. Ihr Herz raste, und ihre Lungen weigerten sich weiterhin, genug Luft zu holen.

„Bitte kommen Sie hier zur Reichenbachbrücke. Ein Spinner tanzt hier auf der Mauer und wird ins Wasser fallen." Sie zitterte am ganzen Körper. Eine solche Spinnerei hatte sie zuvor noch nicht erlebt, und sie war unentschlossen, wie sie dies handhaben sollte. Die Polizistin auf der anderen Seite der Leitung sprach langsam und verlangte nach Informationen.

„Frau, macht schnell, der Mann versucht, seine Füße mit der Hand zu fassen. Ahhh," schrie sie, als er dann etwas wackelte.

„Keine Angst, Frau. Ich bin geheilt und nichts kann mich krank machen. Das Böse in mir wird enden." Seine Haut rötete sich von der Kälte, und sein Unterhemd flatterte schweißgetränkt im Wind, bemerkte sie. Der Schatten wurde für ihn sichtbarer und gierte nach seinem Seelenschmerz.

„Das Dunkel in mir wird nicht der Oberhand gewinnen", rezitierte er in Tränen,

„Komm runter. Es ist kalt. Schau, ich gebe dir meinen Schal", versuchte sie mit mütterlicher Psychologie. Verzweiflung bäumte sich auf und brachte sie zum Weinen, weil ihr die Kraft fehlte, den Mann mit ihren Händen von der Mauer zu holen.

„Ich ging durch die Tore zur Stadt der Schmerzen und ich überlebte. Ich akzeptiere mein Schicksal und keine Krankheit oder das Dunkel in mir werden mich je besiegen." Er schaute die Verkäuferin nicht an, aber in Richtung des Deutschen Museums. Sie verstand nicht, worüber er faselte. Die Polizistin sprach weiter eine Frage nach der anderen, die sie weder begriff, noch war sie in der Lage, diese zu beantworten.

Heinrich empfand Geborgenheit im namenlosen Dunkel, der sich an allen rächen wollte, die ihn aus der Gesellschaft abgelehnt haben und das Lebensfunke, der sich von ihn bald verabschieden würde.

„Er wird runterfallen", murmelte die Verkäuferin, dabei füllten sich ihre Augen mit Tränen einer Trauer, die nicht ihre war.

Der Mann hörte seinen Jonglieren mit dem Leben auf, betrachtete die Sonne hinter dem Museum und fasste sich an die Brust.

„Ich werde nicht aufgeben. Nimm das Böse in mir", rief er der letzten Funken den sonnigen Nachmittag.

„Komm runter", flehte sie leiser.

„Ich werde nicht schwach sein." Zorn und Rage lagen in seiner Stimme. Er schaute weiter in die Ferne, wo die Konturen des Mondes zu sehen waren.

Das Dunkel, das ihn begleitete, schrie im Genuss Heinrich willkommen zu heißen.

Die Alpen waren deutlich am Horizont zu erkennen und wären für jeden Fotograf, ein Geschenk, aber nicht in diesem Moment.

Unerwartet zog der Mann seine Hose aus und warf sie in die Isar. In der Nähe war eine Sirene zu hören, und das Herz der Verkäuferin drohte zu zerspringen.

Ein Schrei erstickte ihr im Hals, als der Mann in einem misslungenen Salto sprang. Das dumpfe Geräusch des Aufpralls sie nicht hören konnte, da sie ihre Sinne verlor. Am Bürgersteig schrien die Sirenen der Polizei lauter denn je, und sie hörte, wie zwei Polizisten sich ihr näherten, bevor sich ihre Augen komplett verdunkelten.

„Ruf eine Ambulanz. Sie ist ohnmächtig", befahl einer laut.

„Was ist mit dem anderen", fragte einer der Beamten.

„Später. Ich glaube nicht, dass wir da viel machen können. Wir müssen seine Entscheidung akzeptieren", sagte der jüngere Polizist mit zitternder Stimme. Der Schock würde ihn lange während seiner Karriere begleiten.

Eine Wolke löste sich unbemerkt von Heinrich. In seinen letzten Momenten vor dem Ableben lächelte er zufrieden, diesen Kampf gewonnen zu haben.

Etliche starben im Verlauf der Pandemie, wie andere unabhängig davon, von uns gegangen wären. München wurde für viele, die diese Zeit überstehen konnten, zu einer Stadt des Schmerzes.

Durch mich

zu

wandellosen Bitternissen,

•

„Noch fünfzehn Minuten", kündigte ein Helfer aus der Regie im Lautsprecher an.

„Ich habe Agnes bereits zweimal angerufen, und sie beantwortet nicht", teilte Vardan mit.

Ein Kollege im Home-Office bekam mit, dass ein Mann namens Heinrich Bergstrom sich an der Reichenbachbrücke umbrachte.

„Sind alle verrückt geworden?", fragte sich Vardan.

„Ich bin bereits fertig und werde ohne Fehler die Nachrichten vortragen." Tinu versuchte, jedem im Raum klarzumachen, dass sie nicht beabsichtigte, diese Chance zu versäumen, sich vor den Kameras zu platzieren.

Tinu trug grundsätzlich eine Perücke, da sie der Ansicht war, dass ihre eigenen Haare zu dünn und widerspenstig seien.

„Lese die Beiträge laut vor und merke dir, wie man die Namen der Politiker und Ärzte ausspricht. Du hast neulich ziemlich danebgen abgelesen", warnte Vardan und setzte einen hörbaren Akzent auf das letzte Wort.

„Ich kann das ohne Probleme. Manche Aussprachen sind auch Regional bedingt", versicherte Tinu in einem Versuch, kultivierter zu klingen, als man ihr zugestehen würde. In der Branche keine Seltenheit und Vardan mied mit den Augen zu rollen.

„Letztes Mal hast du Doktor *Faucet* anstatt Fauci gesagt", erinnerte er sie und betonnte dabei den Endbuchstaben des Namens.

„Immerhin fanden meine Follower das witzig, und so viele Reaktionen haben wir in den letzten Jahren nicht gehabt. Ich kam sogar in einige Zeitungen" prallte Tinu über ihre Wirkung in den Medien und schnippte mit ihren zierlichen Fingern.

Vardan überhörte die sinnlose Entschuldigung für ihren Mangel an Bildung. Er wendete sich von ihr ab und lief zu seinem Platz im Studio.

Bevor er seinen Sessel erreichte, meldete sein Handy eine SMS.

„Ich habe länger für mein Interview gebraucht, als ich mir vorgenommen hatte. Tinu kann mich heute vertreten", teilte ihm Agnes mit.

„Das hat sie nie zuvor getan", stellte Vardan gedanklich fest.

„Tinus Make-up sieht scheiße aus. Deine Augenbrauen sehen wie zwei Eisenbalken aus", schrie der Mitarbeiter vom Regiepult.

„Anneliese ist nicht da. Ich muss noch meinen Followern mitteilen, dass ich heute live zu sehen bin", entschuldigte sie sich und tippte wie ein Roboter in ihr Handy ein.

„Setz dich in die Maske. Ich mache das für dich", sagte der Mitarbeiter genervt.

Die Diskussion lief weiter, und er belegte seine Erfahrung mit der Tatsache, dass er drei Schwestern habe. Tinu schmollte und erklärte, wie das neue Augenbrauendesign von Amphora konzipierte, wurde. Ein Ende wurde abrupt mit barschen Worten gesetzt.

„Halte die Klappe und reduziert die Beleuchtung. Wir haben heute keinen Make-up Artist im Studio. Und noch so eine Bemerkung, bekommen wir einen freien Platz in Regie und Moderation", drohte Vardan genervt.

•

Die Praxis im Zentrum Münchens war menschenleer. Dr. Hille saß vor seinem Computer. Ein Kollege schickte ihm eine E-Mail.

Hallo Julian,

Herr Bergstrom, der Krebspatient hat sich vor zwei Tagen das Leben genommen. Die Polizei hat mich kontaktiert. Er sprang über die Brücke im Glockenbachviertel. Das war gestern in den Nachrichten.

Ich teile Dir dies nur mit, weil Du Bedenken über seine geistige Verfassung geäußert hast, und scheinbar hattest Du Recht. Seine Positive-Gedanken-Therapie hat ihm nicht sonderlich geholfen.

Es ist traurig, dass er nicht bei mir Hilfe gesucht hat.

Viele Grüße

Karl Silva

Doktor Hille ballte die Faust und drückte seine Finger dabei so hart zusammen, dass er merkte, wie das Blut auf die Handteller pulsierte.

„Positive-Gedanken-Therapie. Was für ein Schwachsinn", urteilte Doktor Hille. Er leitete diese E-Mail mit einem Anhang an die Redaktion von Semper-TV und hoffte, dass man seine Meldungen dann mehr beachten würde.

•

Vardan las den verspäteten Bericht von Agnes Besuch bei einer Frau Kaschewski und bemerkte, dass sie anders wie gewöhnlich, rasch und unsorgfältig schrieb, denn sie sonst arbeitete. Sie war nicht erzürnt über Tinus Vertretung in ihrer Sendung und sie kam nicht zum Studio.

„Mädel, du schwächelst", überlegte Vardan nach der Aufzählung.

Sie berichtete, dass Frau Kaschewski und die verstorbene Gorny, die am Protest gegen die Corona-Einschränkungen teilnahmen, nur Esoterikerinnen sind. Sie sind überzeugt, mit Heilsteinen und anderen unkonventionellen Methoden eine Kur gegen das Virus gefunden zu haben. Sie waren weiterhin der Ansicht, dass dieser Schutz, den sie von ihrer Heilerin bekommen hatten, an die ganze Welt zu übermitteln wäre. Dies würde deren Meinung nach, die Epidemie beenden. Der ungewöhnliche Name Fenja wurde erwähnt.

„Kein Wort darüber warum sie den Termin beinahe verpasst hätte", überlegte Vardan.

Er durchsuchte die Social-Media-Beiträge des Studios. Dabei las er weitere Kommentare, die zwischen unkontrolliertem Hass bis zu wenig positiven Rückmeldungen zu Tinus Arbeit variierten. Ihre Follower sprachen wohlwollende Ermutigungen aus. Verschwörungstheoretiker lobten ihre selbstlose Haltung zur Wahrheit. Dies löste einiges Gelächter bei Semper-TV aus.

„Das sind bestimmt ihre Followern", verstand er.

Seine Aufgabe umfasste nicht allein diese Kommentare zu beantworten, aber sie halfen ihm zu entscheiden, wie er neue Zuschauer erreichen könnte. Wie es schien, gab es zwischen dem Pro-Lager und den Gegnern der Vorsichtsmaßnahmen der Regierung einiges zu besprechen.

Vardan wurde aufmerksamer, als er eine neue E-Mail von Doktor Hille las. Das akustische Signal für den Eingang der Nachricht war so eingestellt, dass es klang wie die Explosion einer Bombe. Dort teilte der Verfasser mit, dass ein Mann sich vor drei Tagen umgebracht habe. Er behauptete weiter, dass der Selbstmörder, sowie zwei Frauen in den letzten drei Monaten Opfer an einer Welle von Fehlinformationen sogenannter Heiler der Esoterikerszene seien.

Vardan erinnerte sich, dass er etwas darüber in an Agnes Mitteilung gelesen hatte.

„Ach ja. Beide Frauen von der Leopoldpark-Demo waren ebenfalls Esoterikerinnen."

Doch so viele waren in dieser Szene, und München bot sogar jedes Jahr eine Esoterik-Messe. Was bewies, dass die Anzahl der Anhänger groß war, das Geschäft lief bestens.

„Kjell ist wieder nicht da, wo er sein sollte."

Er schickte Gerold und Agnes eine E-Mail und bat ihn, sich den Toten anzuschauen und Informationen einzuholen. Er möge sich die Sorgen von Doktor Hille einmal anhören.

„Das wird sich in den lokalen Nachrichten gut machen."

●

Gerold las die E-Mail von Vardan und schmunzelte.

„Warum schickst du nicht dein junges Mädchen auf die Straßen? Ich bin älter und erfahrener für die Moderation. Vor allem ist es momentan zu kalt draußen für einem reifen Mann. Willst du dich meiner entledigen, indem ich an einer Lungenentzündung sterbe?", forderte er Kjell empört heraus.

Von der anderen Seite der Leitung kam ein tiefer Seufzer. Kjells Augen rollten zur Decke.

„Schnaub nicht, wenn ich mit dir rede. Ich höre dich, Junge." Seine Stimme war belegt, und er versuchte, Gerold mit den richtigen Worten zu erklären, dass er trotz seiner langjährigen Tätigkeit ein Mitarbeiter des Studios war und seine Anweisungen unterstand.

„Sei froh, dass alle anderen in Quarantäne oder Kurzarbeit sind. So kannst du wirklich zeigen, dass du immer noch das beste Pferd im Stall bist." Diese Manipulationstaktik hatte Kjell in einem Management-Seminar gelernt.

Da eine bemerkbare Pause im Gespräch entstand, hatte er wohl die richtige Wortwahl getroffen. Er rechnete aber mit weiteren Forderungen.

Gerold war bekannt für seine Erpressungsversuche. Seine Wunschlisten, die nicht selten unerfüllbar waren, waren berüchtigt.

„Aber Agnes soll nichts davon erfahren. Ich will nicht, dass sie ihre Nase in meine Arbeit steckt. Du kennst sie. Vardan soll auch lernen, dass ich für dich arbeite und nicht für ihn." Am Ende jeden Satzes grunzte Kjell Zustimmung und wartete auf eine Gelegenheit, das Gespräch zu beenden.

„Was hast du, die ganze Zeit auf Agnes einzuhacken? Sie macht ihre Arbeit und du kümmerst dich um deine Sache. Ich bin auch über das Projekt mit Vardan informiert, und gerade jetzt in dieser Pandemie ist es eine Chance für dich. Eine Ermittlung über alternative Heilmethoden, Betrüger und Verschwöhrungsstiftern. Du bekommst einen eigenen Platz in der Sendung. Dieser Doktor Hille hat uns bereits mehrfach angeschrieben und er scheint sogar Beweise zu haben. Agnes würde nicht zweimal darüber nachdenken. Wenn du dies nicht machen willst, schicke ich sie hin. Sie hat auch einen ähnlichen Fall recherchiert und wird dies für die morgige Sendung bereits einreichen." Mit dem letzten Satz hat Kjell gelogen. Aber er rechnete mehr mit der angenommenen Abneigung von Gerold zu Agnes. Die Wahrheit schien sekundär zu sein. Ihn einen eigenen Platz in der Sendung zu versprechen war nicht die Realität entsprechend.

„Selbstverständlich will ich das selbst ermitteln, ich denke nur, eine Aushilfe wäre für einen Mann in meiner Position das mindeste, was ich fordern dürfte", schmollte Gerold.

„Dann ist das geklärt. Aushilfe gibt es wegen Social-Distancing nicht. Du musst allein arbeiten. Wir dürfen keine Mitarbeiter aus der Kurzarbeit reinholen. Befehl von oben", log er wieder.

Kjell legte den Hörer ab und war mit sich glücklich.

„Ich habe Gerold in dei Sendung über Heilpraktiker mit Agnes gesetzt", sendete er zufrieden an Vardan.

Damit wären beide nicht in der Lage, sich mit den Produzenten zu treffen und gegen ihn zu intrigieren.

Hoffte er.

●

Die Sonne schien grell vom Himmel. Aus ihr Bett schaute Agnes zum Wohnzimmer und versuchte, ein Weilchen länger zu schlafen.

„Mist. Wieso habe ich nicht die Gardinen zugemacht?", fragte sie sich.

Nach fünf Minuten vergeblicher Mühe, weiterzuschlafen, stand sie auf.

Die Begegnung mit Frau Kaschewski war ihr etwas unheimlich. Noch immer hatte sie das schmutzige Porzellan vor Augen und den Geruch in der Nase, den sie dort aufnahm.

„Scheinbar bin ich empfindlicher geworden", stellte sie fest.

Sie bewegte sich zum Bad und ließ die Dusche laufen. Sie legte das Duschgel mit dem stärksten Duft parat und lief zur Küche, derweil das Wasser aufwärmte. Sie fröstelte auf dem Weg, da ihre Wohnung am Morgen immer zu kalt war.

„Was für eine Sau", fluchte sie in Gedanken.

Sie presste den Knopf für ihre Kaffeebohnenmühle und legte das Porzellan und Besteck für ihr Frühstück ordentlich auf den Tisch. Über der Küchenkommode waren einige Fotos von früheren Reisen, wo sie und Gerold zu der Zeit, als sie ein Paar waren, miteinander vor einer Kamera lächelten.

„Untreuer Idiot", murmelte sie. Eine Träne rollte ihr die Wange hinab, sie schüttelte den Kopf, holte das Kaffeepulver und gab davon in die italienische Designerkaffeemaschine. Ebenfalls ein Geschenk von Gerold von ihrer gemeinsame Reise nach Mailand. Sie stellte die Kaffeemaschine auf den Gaskocher und rannte zum Bad, um das Wasser zu prüfen. Zurück in der Küche holte sie ihren Laptop und setzte sich neben das Gerät.

Weitere E-Mails waren von verschiedenen Filtern einsortiert und sie hackte einige ab. Die Maschine spuckte kochenden Kaffee und Agnes schaltete das Feuer ab.

Kjell bat sie ihren Beitrag, zum Interview vom Vortag einzureichen. Er schrieb ihr dazu, dass Tinu sie angemessen in der gestrigen Sendung vertreten hätte.

„Arschloch. Nachdem ich dir alles beigebracht habe, willst du mich durch diese Nudel ersetzen", fluchte sie und goss sich dabei ihren Espresso in eine kleine Kolibritasse.

Unter der Dusche betrachtete sie ihre neuen Falten am Arm und überlegte, wie ungerecht das Leben zu ihr war. Betrogen durch Gerold und jetzt wird voraussichtlich dieses junge Mädchen ihre Arbeit übernehmen.

Sie schloss ihre Augen unter der Dusche und versuchte, sich zu beruhigen. Das Wasser lief warm ihren Körper entlang. Sie wollte vergessen, dass sie jetzt fünf anstatt drei Falten unter dem Arm zählte.

Die Erinnerung an Frau Kaschewskis vergilbte Zähnen und ihr schmutziges Porzellan ließen sie kurz schaudern. Sie beendete ihr Duschbad mit Schichten von reichlich wohlduftende Body-Lotion, die sie mit Deos und Parfüm besprühte.

Sie roch prüfend an diversen Körperstellen und nickte zufrieden.

Zurück in der Küche betrachtete sie die Visitenkarte, die Frau Kaschewski ihr gegeben hatte. Sie las den Namen und war überrascht.

„Celina? Die große Celina", sagte sie und holte das Telefon. Geschickt wählte sie die Nummer und wartete auf die Person auf der anderen Seite.

„Schwester Celina grüßt dich. Wer spricht?", nahm sie wie immer das Telefonat entgegen.

„Guten Tag, Celina, hier ist Agnes, die Reporterin, die vor zwei Jahren über die Schwestern des Lichts berichtet hat. Erinnerst du dich?" Sie nutzte alle möglichen Techniken, um nett zu klingen. Sie war sich bewusst, dass ihr Bericht damals nicht sonderlich positiv angekommen war.

Es folgten zwei oder drei Sekunden der Leere, die sich leicht mit Frost füllten, und dann sprach Celina.

„Selbstverständlich weiß ich, wer du bist, mein Schatz." Sie war übersüß und zu freundlich.

„Mist. Sie erinnert sich noch an den Bericht", dachte Agnes.

„Du bist mir nicht böse, weil der Redaktionschef, damals alles anders dargestellt hat? Es war wirklich nicht meine Schuld, aber ich denke, wir Frauen verstehen uns ..." Agnes versuchte, auf Celina einzureden.

„Sicher, Liebes. Was willst du?", Kam weniger freundlich zurück.

„Ich traf gestern auf eine Klientin von dir", leitete Agnes vorsichtig ein.

Einen kurzen Flashback überkam sie, und sie versuchte die unangenehmen Gefühle abzuwehren.

„So so."

„Frau Kaschewski."

„Ja."

„Als ich erfuhr, dass die Leiterin der Corona-Gegner-Demo, deine Klientin war, dachte ich, hach, was für ein Zufall, oder? So kann ich eine alte Freundin wieder mal besuchen." Agnes war sich die unvermeidliche Feindseligkeit von Celina bewusst, aber sie versuchte, eine freundschaftliche Verbindung herzustellen. Den diskreten Hinweis auf einem eventuellen Bund mit einer Corona-Leugnerin könnte für ein Skandal reichen. Vor zwei Jahren war Celina in der esoterischen Welt eine bekannte Größe, aber Nachlässigkeit beteiligte sie in einen Presseskandal.

Wieder blieb es einige Sekunden zwischen beiden Frauen still.

„Ich will nicht in Problemen hineingezogen werden", protestierte Celina.

„Um Himmels willen. Ich doch nicht. Der damalige Redaktionschef wurde ausgetauscht und ich muss sagen, dass ich nicht dachte ..." Agnes wurde wieder unterbrochen.

„Bekomme ich Gage?", fragte Celina.

Agnes freute sich, weil sie trotz allen einem Gespräch zustimmte. Die damalige Reportage hatte ihr fast zu einer Zulage verholfen.

„Ich kann dich nur aus meiner Privatekasse bezahlen", erklärte Agnes.

„Mir ist egal, wo das Geld herkommt. Heute oder Morgen?" Celina war mal eine freundliche Person, aber die Erfahrungen der letzten Jahre hatten sie verändert. Agnes verstand, dass sie ihren Anteil hatte.

„Ich bin um eins bei dir", verabschiedete sie sich mit einer Sing-Sang-Stimme, öffnete eine E-Mail und schrieb an ihren Ex-Partner.

Hallo Gerold,

lass uns um 12:00 Uhr im Luitpold treffen, bevor Du zum Studio fährst. Es ist wichtig.

Grüße

Agnes

●

Gerold saß im Café Luitpold im inneren Foyer, wo wärmer war. Er wusste, welcher Platz Agnes gefiel. Er schaute etwas nervös auf die Uhr, es war zehn Minuten vor zwölf. Sie war immer überpünktlich, was für ihn bedeutete, geduldig weiterzuwarten. Er klapperte hektisch mit der Zeitung und schlug Seite fünf auf.

Nutzlose Berichte über durchgeknallte Neureiche, die mit den Corona-Einschränkungen unzufrieden waren. Dabei beklagten sie sich gekünstelt über ihr Schicksal. Aufgesetzte besorgte Gesichter wie er sie während seiner gesamten Karriere kannte. Die Bedienung kam elegant mit einem Tablett und brachte den bestellten Kaffee und die Kuchen, die Gerold so vermisste.

„Aha. Jetzt sehe ich, woher dein Fett kommt", gab sie von sich. Ertappt, drehte er sich.

„Hi Agnes. Lass das. Ich habe nichts mehr im Leben außer Kaffee und Kuchen und das wirst du mir nicht verderben. Sahne bitte!", rief er in Richtung Bedienung, die professionell nickte und verschwand.

Agnes setzte sich mit dem Rücken zur Wand und legte ihre Tasche neben sich.

„Erzähl. Warum müssen wir uns treffen?" Ein leichter Verschwörungston lag in Gerolds Stimme.

„Vardan hat mich auf diese Reportage über die Proteste gegen Corona gesetzt", erklärte sie.

„Das weiß ich. Ich war dabei. Kjell hat mir einen anderen Teil der Reportage zugewiesen. Dieser Arzt und seine Nörgeleien gegen Esoteriker." Die Sahne kam, und Agnes gab ihre Bestellung auf.

„Ach was? Das ist aber interessant. Erinnerst du dich an diese Reportage, vor zwei Jahren, die wir über Schwester Celina geschrieben haben?", fragte Agnes zufrieden.

„Klar. Was ist damit?"

„Nun, die Frau, die ich vor drei Tage besuchte, ist eine ehemalige Klientin von Celina. Es kann sein, dass in sich in diesem Kreis von Gegnern der Corona-Maßnahmen wieder Esoteriker befinden. Wir könnten daraus ein Riesenthema machen und unsere Reportage von damals aufwärmen." Agnes Lächeln bezauberte ihn immer wieder.

„Lass diese Flittchen nicht davon erfahren." Gerold mimte Tinu beim Sprechen. „Oh mein Gott. Das wäre superinteressant. Soll ich dir dabei helfen? Aber ich habe momentan auch diesen Arzt an der Backe." Gerold genoss ein Stück seines Kuchens.

„Sie erfährt von mir nichts. Und klar für die beiden Jungs spielen wir weiter unser Theater. Ich will nicht, dass sie denken, dass sie alles tun können, was sie wollen. Ich kann dieses Thema allein recherchieren, aber da dies einen großen Wirbel auszulösen vermag, könnte Kjell seine Freundin als Autorin einsetzen, und wir sind weg vom Fenster." Agnes wartete auf Zustimmung.

„Ja. Ich habe auch mit Kjell über dich gesprochen, er spielt uns weiter gegeneinander aus. Weißt du auch, dass Tinu bei Kjell übernachtet? Ich habe in der Telefonkonferenz gesehen, dass sie dort war", tratschte Gerold.

„Ach ja? Widerliches Miststück. Aber bevor wir beide uns rausschmeißen lassen, bereiten wir das Programm vor. Verkaufen wir gemeinsam als eigene Sendung. Ich habe die Nase voll von Nachrichten. Ich will noch vor der Rente eine eigene Sendung haben. Wir könnten das zusammmen aufbauen." Agnes schaute zur Sicherheit um, dass ihnen keiner zuhörte.

„Die Idee ist gut, aber das Mädchen ist zu schlau. Wir dürfen sie nicht unterschätzen. Kjell ist ein Idiot mit zu vielen Hormonen." Gerold verputzte das letzte Bisschen des Kuchens vom Teller.

„Wir wissen, wie Männern solchen Mädchen verfallen, nicht wahr?", provozierte Agnes.

„Du wirst mir das nie verzeihen, oder?"

„Wer kann die Zukunft im Voraus sagen?"

•

Ein sonniger Morgen wurde von einem glänzenden Himmel ergänzt. An den Tag war auszusetzen.

Tinu betrachtete die Plakate an der Wand und zwei Auszeichnungen, die Kjell gewonnen hatte. Sie selbst brachte keinen bemerkenswerten Erfolg in der Schule, aber sie war Klassensprecherin und sogar an der Schulzeitung hatte sie mitgewirkt. Obwohl sie niemals selbst etwas geschrieben hatte. Seltsame Gedichte, in denen weder Reim, Metrik oder gar die Grundsätze einem literarischen Versuch ähnelten, verteilte sie in manche Schulhefte. Zum Zeitpunkt, als Social Media ihr Lebensinhalt wurde, entdeckte sie ihre Begabung für die Unterhaltung.

Schlichte Make-up-Empfehlungen und Ernährungsideen, die sie aus billigen Zeitschriften in der Zahnarztpraxis herausriss, brachten ihr viele jugendliche Follower.

Sie zeigte gerne und extrem freizügig ihre Kurven vor der Kamera und ihr war bewusst, dass ihr feenhafter Zauber des zwanzigsten Lebensjahres bald abklingen würde.

Es war wie das Aufwachen aus einem langen Traum. Sie war orientierungslos und merkte, dass ihre Followerzahlen sanken. Als sie realisierte, dass ihre Mitbewerberinnen jünger und freizügiger waren, war es fast zu spät.

Kjell zu treffen, entpuppte sich als eine Rettungsboje. Sie war dabei einen Job bei einem Friseur anzunehmen.

Dennoch landete sie zu einer ungünstigen Zeit in einer unfruchtbaren Umgebung. Agnes war eine große Dame des Journalismus der achtziger Jahre. Gerold war ebenfalls ein Star und beide warenunempfänglich für ihr Charme. Sie ließen sich nicht einwickeln und durchschauten sie ganz genau.

„Was mache ich den hier?", fragte sie sich.

Sie öffnete den Computer von Kjell auf und las seine E-Mails durch. Sie war zumindest geschickt genug, diese im Nachhinein mit ungelesen zu markieren, damit er sie nicht erwischte. Er war ihr verfallen, aber sie war vorsichtig.

Sie las über die Idee von Vardan, eine eigene Sendung zu den Corona-Gegnern und deren Verbindung zur esoterischen Welt zu gestalten. Dies klang für sie wie ein Magnet.

„Ich kenne mich bestens mit Esoterik aus", überlegte sie.

Sie hatte selbst einige Sendungen über die passende Make-up-Farbe für jedes Sternzeichen gemacht. In ihrer Naivität hielt sie sich für eine Expertin in der Branche.

„Es kann nicht schwierig sein, darüber zu sprechen, wenn man die richtigen Gäste einlädt." Sie erinnerte sich an ihr Interview mit zwei Freundinnen, die sich mit astrologischen Karten auskannten.

Der Talk war ein Flop. Die Menge an garstigen Kommentaren war so groß, dass ein berühmter Komiker aus einem populären Sender ihr Video zur Vorlage für seine Witze benutzte, aber im Nachhinein wurde sie umso bekannter.

„Ich wäre beinahe zu einer Promi geworden", betrauerte sie kurz ihre Erfahrung.

Schritte waren auf dem Korridor zur Wohnung zu hören. Geschickt beendete sie das E-Mail-Programm, rief eine Auktionsseite auf und gab schnell eine Suche ein.

„Hallo, Süße", begrüßte Kjell sie, der vom Jogging zurückkam.

„Hi. So spät zu joggen ist ungesund. Es ist kalt draußen. Ich schaue mir einige Oberteile für die Sendung an", log sie.

„Du siehst gut aus. Du musst keine teuren Sachen kaufen. Ich muss duschen" sagte Kjell, beim Ausziehen.

„Wann kann ich eine eigene Sendung bekommen?", fragte sie.

„Schatz, du bist keine Journalistin, und die Produzenten werden auch keinen Cent dafür ausgeben. Deine Arbeit als Ersatzmoderatorin für die Nachrichten ist gut. Lass mich duschen." Kjell ignorierte ihre Bitte.

Tinus Gesicht veränderte sich in dem Moment, aber er merkte nichts davon, da er lieber seinen perfekten Körper im Badezimmerspiegel betrachtete. Sie sah wie eine schmelzende Maske aus, die eine sardonisches Lächeln bekam. Das Funkeln in ihren Augen wurden stumpfer, und ihre Finger schlossen sich zu einer Faust.

„Klar Liebling. Geh duschen. Du stinkst."

●

„Du siehst wie ein grauer Versicherungsvertreter aus", monierte Agnes sein Aussehen.

„Du hast mir diese Krawatte geschenkt." Sie schien aggressiver denn sonst zu sein und schüchterte ihn ein. So ließ er dies unkommentiert und zog seine Kleider zurecht.

Sie liefen von der S-Bahn in Richtung der Adresse, die sie von Celina erhalten hatte. Beide mieden mit eigenen Autos zu fahren.

„Wie weit ist das denn? Ich muss aufs Klo und bekomme eine Erkältung", meckerte Gerold.

„Mein Gott, kannst du mal ohne Jammern mitkommen? Du bist auch mal engagierter gewesen", tadelte Agnes.

„Ich kann nichts dafür. Das ist meine Blase und München hat keine öffentlichen Bedürfnisanstalten." Agnes wedelte mit ihrer Hand und lief entschlossen den kleinen Berg hinauf.

„Sie hatte früher eine so schöne Wohnung in Schwabing gehabt", bemerkte Agnes.

„Sie hat diese bestimmt nach deinem Interview aufgeben müssen. Du sollst dankbar sein, dass sie uns empfängt und nicht die Polizei gerufen hat." Gerold holte schwer Luft.

„Ich bezahle für dem Interview. Das ist dieses gelbe Haus dort, denke ich." Sie zeigte mit dem Finger in Richtung ein kleines neobarock neunzehn Jahrhundert Schlösschen weiter vorne an der Straße.

„Was hast du Kjell gesagt, wo du bist?"

„Ich muss im Anschluss zum Doktor Hille fahren. Geh nicht so schnell", hechelte Gerold hinter Agnes her.

Kaum an der Tür angekommen, stand eine von Celinas Assistentinnen dort. Sie war beeindruckt über so viel Aufmerksamkeit, sie hob ihre Brust und spazierte in Richtung der Dame.

Sie schaute die junge Frau an, und diese schien nicht zu erkennen, wer sie war.

„Agnes Mohr, die Reporterin," kündigte sie an.

„Oh, tut mir leid, ich bin nur zum Rauchen hier draußen. Dort ist der Eingang", Agnes schaute sie enttäuscht an.

„Danke."

„Frag sie wo da..."

„Ja. Sei ruhig", unterbrach ihn Agnes.

Nach dem Schellen an der Tür wurden sie von einer
weiteren Assistentin empfangen. Sie brachte beide zu
einem großzügigen Wohnzimmer und zeigte Gerold,
wo die Gästetoilette zu finden war.

Die rauchende Frau kam im Raum mit einer silbernen
Tablette und stellte sich vor Agnes.

„Jede Gabe an Schwester Celina ist eine Gabe an das
Licht, das uns alle heilt" sagte die Frau eintönig den
geübten Satz.

Agnes holte ein Kuvert mit Geld aus ihrer Tasche und
legte es auf das silberne Tablett.

„Ja, ja. Sag Celina, dass wir nicht viel Zeit haben",
verabschiedete Agnes die Frau, die beim Weggehen
das Geld im Kuvert zählte.

Gerold kam zurück und klopfte seine Hände an seinen
Sakko.

„Ich hoffe, du hast deine Hände gewaschen."

„Agnes, bitte. Wir sind kein Paar mehr."

„Ha, daran denke ich gar nicht. Allein lebe ich bestens und bin sicher, dass ich keine Geschlechtskrankheiten einschleppe."

„Hör auf, das wird peinlich", protestierte Gerold.

„Willkommen im Agatha-Zentrum. Ich bin Schwester Celina", begrüßte sie. Das weiße Kleid hatte bestickte zarte hellblauen Vögelchen und Blumen und waren eher für den Sommer ausgedacht, aber sie liebte dessen jungfräuliche Wirkung.

Agnes rollte ihre Augen zur Decke, und Gerold nickte kurz. Sie ließ sich damenhaft vor beiden nieder und winkte einer der Assistentinnen. Diese brachte eine Kanne mit klarem Wasser.

„Ich habe es mit Bergkristallen gereinigt, es wird euch wohltun." Celina war in ihrer Rolle als Therapeutin, die sich mit dem Energetisierungsprozess auskannte.

„Wir haben wirklich nicht viel Zeit, aber wir wollen etwas über die zwei Damen sprechen, die diese Demo gegen die Corona-Maßnahmen organisiert haben. Was kannst du uns über sie erzählen, und warum glauben diese Frauen, sie wären immun gegen Corona." Agnes brach alle Protokolle und kam direkt zum Thema.

„Danke Liebes, aber Frau Kaschewski ist nicht mehr meine Klientin. Sie hat dir meine Karte gegeben, weil sie meinte, dass du eine dunkle Aura hast, und ich bin Spezialistin für solche Probleme. Sie hat es gut gemeint. Aber sie und Katharina Gorny sind seit über einem Jahr beim Goldenen-Licht-Center mit der Heilerin Fenja, die meine Schülerin war.“

Agnes erinnerte sich, dass diese Therapeutin in kürzeste Zeit zur Berühmtheit wurde. Sie entsann sich ebenfalls, dass Fenja die meisten von Celinas Kunden mitnahm.

„Bist du noch in Streit mit deiner ehemalige Schülerin?“, fragte Agnes.

„Oh bitte. Was für eine weltliche Einstellung. Ich habe sie ausgebildet. Wenn es ihr Bestimmung ist, an der Front zu arbeiten, dann soll sie das tun, wofür ihr das Licht bestimmt.“ Sie versuchte, erhaben zu klingen, aber die Verbitterung für den Abstieg von der großen Schwester Celina, zu das, was sie jetzt verkörpert, war sichtbar.

„Was hat es auf sich mit, immun gegen Krankheiten zu sein?“ Gerold war auf eine unlogische Antwort gefasst.

„Fenja bietet andere Methoden als ich an, daher kann ich nicht sagen, wie sie das macht, aber alle ihre Klienten sind immer von ihrer Heilung überzeugt. Sie arbeitet mit positiver Einstellung. Einige ihre Klienten halten sich sogar bis in den Tod an positive Gedanken." Celina betonte das Wort Tod. Er hörte das akribisch zu und wurde vorsichtig, als er merkte, dass eventuell dies zu einen Rachefeldzug gegen eine erfolgreiche Schülerin werden könnte. Verleumdung in dieser Branche ist nicht selten. Alle treten immer so überzeugend auf, dass die Wahrheitsfindung zu einen unerreichbarer Ziel wird.

„Können sie einen klaren Fall benennen?" Gerold rutschte in seinem Sitz nach vorne.

„Nun ..." Celina schaute zu einer der Assistentinnen, und diese kam gehorsam mit dem silbernen Tablett zu Gerold.

Als er nicht reagierte, stupste ihn Agnes.

„Leg einen Zwanziger drauf", wisperte sie.

Da die Assistentin am Platz verharrte, legte Gerold einen weiteren Schein auf das Tablett.

„Der Witwer von Frau Gorny bat mir um Hilfe. Sie war seit Jahren zuckerkrank und seit sie zu Fenja ging, hatte sie ihre Medikamente abgesetzt. Er war verzweifelt und bat mich, sie zur Vernunft zu bringen und von den ärztlichen Empfehlungen zu überzeugen. Ich konnte sie aber nicht mehr erreichen. Ich bin sicher, dass sie in folge des Absetzens der Medikamente gestorben ist. Es ist traurig und auch nicht das, was ich meinen Schülerinnen beigebracht habe. Wir können uns nicht gegen ärztliche Empfehlungen stellen. Ich arbeite trotz allem sehr gerne mit Ärzten." Celina versuchte ihre Verantwortung in der Sache zu beweisen.

„Glaubst du, dass Fenja Heilungsversprechungen machen würde?", fragte Agnes.

„Nein. Sicher nicht. Keiner von uns würde sowas machen. Da würden wir in Teufelsküche kommen. Ich denke nur, dass Fenja eventuell die Kontrolle über ihre Klienten verloren hatte. Du sollstest mit dem Witwer von Frau Gorny reden." Celina beobachtete, wie die reichlich bezahlte Information auf ihre Besucher wirkte. Gerold setzte zum Aufstehen an und sie fügte hinzu:

„Ich bin sicher, dass ich noch mehr helfen könnte."

„Vor der Ausstrahlung unserer Sendung werden wir bestimmt einen Empfang im Studio machen. Ich werde dich bestimmt einladen." Im Versuch, freundlich zu sein, unterbrach ihn Agnes.

„Wir melden uns." Sie zog ihn hinter sich her.

Als sie auf der Straße waren, schaute Gerold sie an und erinnerte sich sehnsüchtig an die Tage, als sie in jüngeren Jahren ein Paar waren.

„Ich glaube, Celina musste irgendwann einen Partner finden. Sie scheint ziemlich einsam geworden zu sein, und diese Frauen um sich herum den ganzen Tag würde mich wahnsinnig machen." Agnes liebte es, sich über die Interviewgäste zu unterhalten.

„Du bist immer noch schön", sagte er etwas leise.

Agnes Augen wurden leicht feucht und sie holte ein Taschentuch aus ihrer Tasche.

„Schnell zur S-Bahn, meine Allergie meldet sich wieder", sagte sie, ohne ihn anzuschauen.

●

Agnes kam ins Studio und schaute sich die aufgelisteten Nachrichten an. Wieder die Wahlen in den Vereinigten Staaten, und die gleichen Lügen und sinnlosen Behauptungen des Präsidenten, wovon sie vier Jahre zuvor berichtet hatte.

„Haben wir nichts Neues? Ich kann diesen Mist nicht mehr lesen", monierte sie.

„Das bringt immer noch Einschaltquoten. Haben deine Recherchen etwas ergeben, was wir bringen könnten?", fragte Vardan. Eine undefinierbare Veränderung an Agnes beunruhigte ihn. Sie wirkte emotionaler denn sonst und erkundigte sich nicht, wie Tinu sie in die Nachrichten vertrat.

„Ich habe nur den Tod der Demonstrantin vom Leopoldpark vorbereitet. Das können wir später in der kompletten Sendung nochmals benutzen. Aber eine Minute könnte ich damit füllen." Agnes händigte Vardan den Beitrag aus.

Er sah sich das Schriftstück an und nickte mehrfach.

„Ja, aber achte, dass du mir das vor der Sendung besprichst."

Unweit von beiden saß Tinu für einige Beiträge, die sie mit Agnes moderieren würde. Unauffällig versuchte sie, zu hören, worüber sie sich unterhielten.

„Ich hätte das gemacht, aber da momentan kein Redakteur arbeitet, muss ich meine Redaktion auch selber machen, oder? Mit welche übrigen Arbeitszeit sollte ich das noch mit dir meine Berichte besprechen? Du willst nicht mir ein vierundzwanzig Stundenschitt vorschlagen, oder?" Agnes korrigierte ihre Lippen mit einem Stift vor dem Spiegel.

„Du hast Recht. Kein Problem. Wird dieser Beitrag mehr als nur eine Notiz bekommen?" Vardan kam Agnes näher.

„Ja, und wenn du nicht Gerold in einer ähnlichen Recherche eingesetzt hättest, könnte ich besser arbeiten. Ich habe von dem Arzt gehört, der gegen Heilpraktiker hetzt. Du weißt, dass das mein Thema ist." Sie schien mit ihrem Make-up zufrieden zu sein und bearbeitete ihre Frisur.

„Sei kein Ekel. Gerold muss auch arbeiten, und ihr wart sogar mal ein Team." Versuchte Vardan Frieden zu stiften, ohne zu wissen, dass diese weiterhin ein Team waren.

„Trotzdem. Nun, ich habe die Heilpraktikerin der Verstorbenen ausfindig gemacht. Mir scheint, dass in dieser Pandemie der Streit zwischen Ärzten und Heilpraktikern wieder aufflammen wird. Beide Organisatorinnen der Demos sind in der esoterischen Szene tätig, und insbesondere die Verstorbene war mit einer Heilerin namens Fenja in Verbindung. Das Hauptproblem hier liegt an der Abgrenzung. Esoteriker beansprüchen Heilpraktiker zu sein, sind aber nicht. Heilpraktiker wollen anerkannt werden, aber einige Ärzte fürchten um ihre Geschäfte und alle diese Grenzen sind sehr unklar definiert. Eine Zusammenarbeit mit Gerold wird unvermeidlich." Agnes stand auf und schaute sich im Raum um.

„Wer macht heute die Kamera?", fragte sie.

„Ich selbst. Er hat heute frei." Informierte Vardan.

„Ich habe zufällig euer Gespräch gehört", faselte Tinu. Die Tatsache, dass keiner ihr Vertrauen schenkte, war ein allgemein bekanntes Geheimnis.

„Und?", fragte Agnes.

„Ich kann mit den Recherchen helfen", versuchte Tinu.

Agnes schaute wieder zum Spiegel und verstand das Angebot wie eine Prophezeiung über ihren bevorstehenden Untergang. Sie gab zu, dass ein Starlet aus dem Internet ins Programm zu holen geschickt war. Sie akzeptierte aber nicht, dass die neue Generation sie bald überholen würde. Ihre Glanzjahre wären nur ein Absatz in einem Geschichtsbuch. Ihre Gefühle ließen ihre Hormonspiegel steigen und brachten sie fast zum Schreien, aber kurz bevor sie Tinu angriff, fand sie ihre Fassung wieder.

„Gewiss, Liebes. Wir werden auf jeden Fall dein Angebot berücksichtigen. Danke. Bereite dich vor, denn wir haben nicht viel Zeit, und ich muss deine Aufnahmen und die von Agnes mit zwei Kameras koordinieren." Vardan beobachtete ihre Reaktion und befürchtete, sie würde bald explodieren.

Tinu ließ beide allein und bewegte sich zur linken Seite des Studios, wo ihr Platz vor einem Green-Screen lag.

„Gerold kann ich noch ertragen, aber wenn dieses Luder dazukommt, gibt es Krieg", drohte Agnes, Vardan holte tief Luft und betete in Stille um Geduld.

„Was geschieht mit ihr?", fragte er sich.

•

Als die Tür der Wohnung aufging, war ein etwas älterer Herrn zu sehen. Er trug einen weißen Bademantel von durchschnittlicher Qualität, und seine Haare waren zerzaust. Die Ratlosigkeit des Mannes gegenüber der Wohnpflege war an verschiedene Stellen sichtbar.

„Bin ich zu früh gekommen?", entschuldigte sich Gerold.

„Nein. Kommen Sie rein. Ich bin nur spät mit dem Aufstehen. Ich gehe mich anziehen und komme gleich." Gerold zog seine Schuhe an der Tür aus und lief zum Wohnzimmer.

„Bitte nicht wegen mir. Ich bin froh, dass Sie uns empfangen." Ein Kameramann kam hinter ihm her und folgte seinem Beispiel und zog seine Schuhe aus.

„Nehmen sie bitte Platz. Ich bin gleich da." Der Mann verschwand in einem Raum, der wahrscheinlich das Schlafzimmer sein sollte.

Gerold schaute sich die Wohnung an. An einige Stellen an der Wand, hingen Urlaubsfotos von diesem Mann in einer weit besseren Verfassung und von einer unbeschwert aussehenden Frau. Sie waren in Asien, Südamerika und einige Fotos, die er nicht sofort erkannte, vermutete er in Australien.

Staub unter dem Sofa bestätigte den ersten Eindruck, dass seit dem Tod seiner Frau keiner mehr die Wohnung geputzt hatte.

„Können wir das Interview hier am Esstisch machen? Diese Sitzgruppe ist zu dunkel. Doktor Hille hat uns den Fall mit ihrer Frau genannt", informierte der Kameramann.

Gerold nickte nur und betrachtete die Daten aus den Schreiben von Doktor Hille. Kurz darauf kam den Mann ins Wohnzimmer. Seine Augen zeigten seine geistige Verfassung, und Trauer verstärkte den Eindruck, dass er zusammenbrechen würde.

„Darf ich einen Kaffee anbieten?"

„Nicht nötig. Wir wollen nur ihr Statement zum Verlauf der Krankheit." Gerold hielt kurz inne und überlegte, dass er sich etwas taktlos benahm.

Der Kameramann war höchstens dreißig Jahre alt. Er lief sonderbar sorglos in der Wohnung herum und stieß versehentlich einen Bilderrahmen im Regal um.

Gerolds Blick traf ihn vorwurfsvoll wie ein Blitz. Der junge Mann verstand und murmelte eine Entschuldigung.

„Herr Berenz, können wir uns hier am Esstisch setzen?", schlug er vor.

„Wir sind an ihrer Erfahrung mit dem Schicksal ihrer Frau interessiert." Gerold war etwas unbehaglich. Trotz seines ganzen Hintergrunds waren solche Begegnungen eine Herausforderung.

„Meine Frau bekam zwei Jahren vor ihrem Tod die Diagnose Brustkrebs. Als sie dies erfuhr, waren wir bei mehreren Experten, und alle waren sich einig, dass eine kurze Strahlungstherapie ihre Lebenserwartung verlängert hätte. Aber dann diskutierte sie mit anderen Frauen in einem Internetforum darüber, und eine davon erzählte, dass Heilpraktikern ohne die Nebenwirkungen eine konventionelle Therapie sehr viel tun könnten. Sie redete nicht mehr mit mir. Es schien, dass sie ihre Krankheit als ihr eigene Welt betrachtete und meine Hilfe nicht wollte.

Später erfuhr ich, dass die gleichen Frauen sie meine Frau dazu anstifteten, sich von mir zu entfernen. Sie fuhr zu Heilungswochenenden, sie kaufte zahlreiche Kristalle und Holzobjekte und andere Sachen, die ich einfach für verrückt hielt.

Es war nicht möglich, sich mit ihr zu unterhalten. Sie wurde aggressiv und verweigerte jegliche Einwände. Allein an diesen Statuetten und Gemälden wurden fast unsere ganzen Ersparnisse verbraucht." Er machte eine Pause und sah den jungen Kameramann an, der sich besser positionierte.

„Doktor Hille ist ein Bekannter von mir und ich sprach mit ihm über die Situation. Meine Frau wurde dünner, und nicht selten sah ich blutige oder eitrige Absonderungen aus ihrer linken Brustwarze auf unserer Bettwäsche. Ihre Brust veränderte sich auch, und sie verlangte, dass ich im Wohnzimmer schlief. Irgendwie negierte sie immer die Schmerzen durch die Kraft der positiven Gedanken. Sie spürte die Schmerzen, das sah ich. Sie schwitzte oder wurde blass bei manchen Vorfällen, aber sie behauptete immer, dass dies ihr Freude bereite. Es war verrückt. Aber meine Hände waren gebunden." Er machte eine erneute Pause und erholte sich kurz von allen Erinnerungen.

Gerold verfolgte mit Interesse die Erzählung und mied jegliche Unterbrechung. Er schaute zum Sofa und sah eine Delle auf dem alten Ledersofa. Die Liebe, die diesen Mann motivierte, seiner Frau zur Seite zu stehen und sogar ihren Entscheidungen nicht zu widersprechen, schien für seinen Leiden verantwortlich zu sein.

„Als ich merkte, dass es zum Ende kam, versuchte ich verzweifelt mit ihr zu reden. Es war nicht möglich. Als sie starb, kam ich in ihren Computer und konnte mehr über ihre Chat-Gruppen und diesen Schwachsinn mit den Heilern herausfinden. Sie hinterließ kaum etwas. Ich brauchte von ihr kein Geld und hätte alles ausgegeben, um sie zu retten, aber sie lebte nur an meiner Seite, jedoch nicht mehr mit mir." Der Mann sah besiegt aus. Gerold wollte ihn nicht weiter mit diesem morbiden Interview belasten.

„Haben sie die Daten der Heilpraktiker?" Fragte Gerold vorsichtig.

„Ja, aber sie nennen sich Heiler, nicht Heilpraktiker. Das ist auch etwas, was ich gelernt habe. Heilpraktiker sind staatlich anerkannte, oder nicht und Heiler sind eigentlich gar nichts genaues. Ich habe alle Informationen, die ich gesammelt habe, in einem Dokument zusammengetragen. Hätte ich noch Kräfte, würde ich jede dieser Betrügerinnen umbringen", sagte er, bevor er in Tränen ausbrach.

Auffällig war, dass einige Gemälde an der Wand über frühere Bilder platziert worden zu sein schienen. Dies merkt man an den Schatten der alten Rahmen. Eine grauenhafte Figur eines indischen Mannes mit Schnurrbart ergänzte die von seiner Frau eingebrachten Bilder.

„Ach ja. Dieser Mist. Es sind Ölgemälde von diesem Schlitzohr, Marlon Galerie. Den einzigen Mann in der Gruppe der Betrüger, denke ich. Angeblich nennen sich seinen Gemälde ‚Dondolianische Bilder' und haben die Fähigkeit, das Böse in sich aufzunehmen. Das war bestimmt basiert an Dorian Greys Roman. Meine Frau bekam diese Scheußlichkeiten für eine Unsumme. Das habe ich auch aufgeschrieben. Die Daten der Galerie sind auch da. Ich habe eine Expertin befragt, und sie meinte, dass der Begriff keine Bedeutung habe und die Bilder absoluter Zufall sind und keinen Anspruch auf hochwertige Kunst haben können." Wo der Mann hinzeigte, war zu sehen, dass die Farbe abblätterte.

Herr Berenz lachte hysterisch und klopfte auf den Tisch. Gerold bemerkte etwas an den Bildern, aber er konnte es nicht definieren. Es sah so aus, irgendetwas, was er in dieser Wohnung zuvor gesehen hatte.

„Meine Expertin erklärte mir, dass die farbliche Veränderung, die diese Gemälde im Lauf der Zeit erfahren, auf die schlechte Kombination von Öl und Acrylfarben basiert. Übrigens eine schlechte Kopie von Pollock. Sie mischen sich nicht und daher bricht die Struktur schnell. Daher verändern sich die Farben, und die billigen Pigmente nicht lange Zeit vor. Billiger Schund." Er stieß einen Laut aus und weitere Tränen folgten. Seiner Ohnmacht an der Tragödie seiner Frau bescherte ihn ein Trauma, wofür keiner positiven Gedanken sich vorstellen ließ. Gerold kannte ähnliche Fällen von früheren Projekten, fielen ihn jedoch tröstliche Worte.

Der Kameramann nahm alles unbeteiligt auf, aber Gerold hielt instinktiv seine Hand auf und versuchte, zu trösten und die Haltung zu wahren. Er erkannte, dass es unangebracht wäre, mehr für seinen Bericht zu forder und gab ein Zeichen an den Kameramann, dass es Zeit zum Aufbrechen war.

Er schaute auf sein Handy und hätte gerne kurz die Nachricht gelesen, die der Mann ihm gesendet hat, aber ohne Brille waren die Buchstaben zu klein für ihn.

„Ich halte Sie auf dem Laufenden. Ich werde ihre Geschichte herausbringen", verabschiedete er sich.

„Der Mann ist ziemlich fertig." Kommentierte der unerfahrene Kollege, nach Verlassen der Wohnanlage.

„Du bist noch zu jung, um zu verstehen, was es bedeutet, jemanden zu verlieren." Gerolds Augen schweiften in die Ferne, und der Kameramann übersah einen so reizvollen Moment einer verlorenen Liebe.

•

Am nächsten Morgen, sah der Himmel düster aus und der Wind blies kühl durch die leeren Straßen der Stadt. Agnes lief von der S-Bahn in Richtung Aufnahmestudio. Dies sah Gerold vom Fenster im sechsten Stock eines siebziger Jahres Bau in Perlach.

„Sie ist bald da. Ich sehe sie bereits von der S-Bahn kommen" informierte Gerold seine Kollegen im Raum.

„Du glaubst wirklich, dass wir dieses Thema groß bringen können?", fragte Vardan.

„Ja. Es ist ein wichtiges Thema, und gerade jetzt sterben viele, weil sie an die Corona-Maßnahmen nicht glauben oder eine sinnlose Theorie über die Herkunft des Virus haben. Wir wissen nicht, wie viele Personen an solchen Fantasien sterben. Der Fall von dieser Krebspatientin ist nur ein Beispiel. Gemäß Doktor Hille gibt es viele solcher Fälle. Er erklärte, dass für ihn nicht nachvollziehbar sei, wieso die Betroffene sich nicht in Krankenhäusern melden, wenn sie nicht mehr atmen können, oder die Schmerzen unerträglich werden. Er dachte an Drogen, aber die Leichenbeschauer konnten diese Vermutungen nicht bestätigen." Gerold holte sich ein Mineralwasser und setzte sich an den Tisch.

Agnes kam eilig in den Raum und legte ihre Sachen ab.

„Tut mir leid, aber es sind unheimliche Baustellen an der U-Bahn, die alles durcheinander bringen. Ich musste viermal umsteigen, um hierzukommen", entschuldigte sie sich.

„Du kommst neulich ziemlich oft zu spät, Agnes", monierte Kjell.

Sie bekam einen Schub Hormone, aber entschied sich, diesen unter Kontrolle zu bringen. Sie atmete tief ein und setzte sich an den Tisch.

„Ich werde mich mehr bemühen, Kind." Erwiderte sie mit einem aufgesetzten Lächeln.

„Ich habe gerade von Gerold von seinem gestrigen Interview erfahren. Wir haben bestimmt einen guten Anfang für eine Sendung. Ich werde die Produzenten heute Nachmittag treffen und den Vorschlag unterbreiten. Wenn wir Glück haben, geben sie uns etwas mehr Geld, denn nur mit den Nachrichten können wir nicht viel machen, und die Werbeeinnahmen scheinen sich nicht zu verbessern." Kjell versuchte, seine Position in der Gruppe zu erklären, aber keiner schaute ihn erwartungsvoll an.

Gerold gab Agnes diskret ein Zeichen. Sie schien anders, wie es ihrer Art war, etwas unkonzentriert zu sein.

„Ja. Ich habe gestern mit einer alten Bekannten gesprochen. Tatsächlich einige von diesen Heiler arbeiten mit neuen Konzepten. Die Dame aus dem Leopoldpark glaubt tatsächlich, dass sie gegen Corona geschützt sei. Sie war bei Schwester Celina, dieser Heilerin von unserer Sendung vor zwei Jahren. Ich glaube nicht, dass du dich daran erinnerst. Du warst neu hier." Agnes richtet sich an Vardan und betonte, dass sie die Erfahrenste der Gruppe war. Sie war in diesem Studio faktisch das älteste Mitglied und zweifelsohne das Einflussreichste. Aber wie sie gerne gegen Gerold stichelte, nicht die Älteste.

Vardan sah interessiert auf die Informationen auf seinem Tablet. Er überlegte, wie dieses Material für eine Sensationsreportage ausreichen könnte.

„Heiler, Heilpraktiker, Ärzte – die Guten und die Bösen", schien in seine Vorstellung als mögliche Schlagzeile.

„Es reicht nicht aus. Mit dem, was wir haben, können wir das Publikumsinteresse kaum für zehn Minuten gewinnen. Dieses Thema wurde zuvor bereits breitgetreten. Fast jeder weiß, dass Ärzte diese Heilpraktiker und Heiler niemals akzeptieren werden. Wir sollten etwas anderes suchen, das mehr Interesse weckt." Vardan versuchte, realistisch zu bleiben.

„Stimmt nicht ganz. Viele Ärzte arbeiten mit ausgebildeten Heilpraktiker zusammen. Was sollen wir sonst ausstrahlen? Die Wahlen in USA wieder? Ich breche bald vor den Kameras aus, wenn ich das wieder kommentieren muss." Monierte Gerold.

„Ich muss ihn zustimmen. Corona Zahlen sind auch mittlerweile auch nicht mehr interessant. Wir bieten damit auch etwas Aufklärung." Agnes merkte, dass Vardan sich angegriffen fühlte.

„Es war nur eine Idee", verteidigte er sich.

„Tut mir leid, Kollege, aber deine Ideen waren bisher echt nicht einfallsreich, und wenn wir in einer Krise sind, müssen wir origineller sein", fügte sie hinzu.

„Oder Geschäfte, die schließen müssen? Das haben wir noch nicht besprochen", versuchte Vardan eine neue Idee.

Gerold und Agnes standen fast gleichzeitig auf.

„Ich habe etwas zu tun. Ich muss weg", sagte Gerold und ließ keinen Raum für Proteste, bevor er durch die Glastür verschwand.

„Tut mir leid, aber ich bin auch knapp mit der Zeit, ich muss mich für die heutige Sendung vorbereiten." Agnes verdünnisierte sich ebenso schnell wie Gerold.

„Gehen wir in mein Büro", befahl Kjell.

„Nein. Wir bleiben beim Thema. Die Produzenten sind mit uns nicht zufrieden und ich vermute, dass Agnes und Gerold dort tratschen. Deine veralteten Ideen werden uns nicht helfen", griff Kjell Vardan an.

„Was erwartest du denn? Ich habe kein Personal, fast dreißig Personen fehlen im Büro, und wirkönnen nicht über neue Produkte oder Dienstleistungen berichten, weil nur systemrelevante Betriebe geöffnet sind. In unseren Nachrichten berichteten wir über Style und ganz am Rande über Politik. Viren und Krankeheiten waren bisher nicht in unser Program. Wenn in der Stadt alles geschlossen ist, und keine Veranstaltungen stattfinden, sind unsere Sendungen unbrauchbar. Ich habe keine neuen Ideen, und wenn alle nur zu Hause sind, worüber soll ich in neuen Sendungen berichten? Die Top Boxer-Shorts für das Popcorn-Kino?" Vardan erkannte seine Grenzen und war sich ebenfalls bewusst, dass ihm die Voraussetzungen fehlten. Die kreativen Arbeiten wurden nie von ihm durchgeführt und das Kreativteam war nicht mehr im Büro. Schöpferisches Personal in Home-Office fehlt an Interaktionen, und so waren auch keine Ergebnisse zu erwarten.

„Ich verstehe dein Problem, aber viele in der Produktion überlegen, ob nicht einer von ihnen unsere Arbeiten übernehmen kann." Kjell sah zum Fenster und schien ebenso nervös zu sein wie Vardan.

„Gut. Ich werde alles Mögliche tun, damit dieses Konzept gut platziert wird. Ich werde in den kommenden Tagen Nachrichten, die das Thema tangieren, strategisch platzieren und so die Zuschauer für eine sehr wichtige Sendung über den alten Streit zwischen Ärzten und Heilpraktiker einstimmen. Darin sollen wir auch erklären, den Unterschied zwischen anerkannten Heilpraktikern und die Heilern ansprechen. Dies schien Agnes eine große Anliege zu sein." Vardan gab jegliche Idee auf, da er erkannte, dass sein Posten in Gefahr war.

„Ich brauche Ergebnisse. Sie sind etwas unruhig im Management." Kjell fügte nichts mehr hinzu, Vardan verstand nur zu gut, dass er höchstwahrscheinlich auf der Abschussliste noch vor Gerold und Agnes stehe.

Vardan stand auf und schaute zu Kjell, bevor er den Raum verlies.

„Wenn Gerold und Agnes nicht mehr hier sind, denkst du, dass der Druck von oben geringer wird?"

„Ich weiß nicht. Ich muss irgendwann mit beiden offen reden."

•

Vardan begegnete auf seinem Weg Tinu. Sie schaute zum Boden und versuchte, sich mit ihrem Handy beschäftigt zu zeigen.

Als er an ihr vorbeiging, merkte er, dass auf dem Gerät kein Gespräch aktiv war. Dies gab ihn vieles zu bedenken. Es wurde ihm klar, dass sie etwas über seine Lage im Sender Bescheid wusste.

Sie öffnete die Tür zu Kjells Büro und trat hinein. Kurz schaute sie den angeschlagenen Vardan im Empfang, der sie beobachtete.

„Agnes ist wieder zu spät gewesen, nicht wahr?", setzte die junge Dame an.

„Tinu, lass das sein. Ich brauche keine weiteren Eskalationen hier." Kjell klang aufgebracht.

„Ich telefonierte mit einer Heilpraktikerin, welche Doktor Hille des Betrugs beschuldigt. Sie klang im Gegenteil zu seinen Behauptungen sehr korrekt und sprach mit fundiertem Wissen über ihre Heilungsmethoden. Ich denke, wir sollten einen differenziertere Sicht in Betracht ziehen. Er setzt in sein Anschreiben Heiler und Heilpraktiker alle in einem Boot, was ich ganz anders sehe", schlug sie vor.

„Ich habe dich nicht beauftragt und wenn Gerold oder Agnes davon erfahren, dass du in meinen E-Mails schnüffelst, bekommen wir beide richtig Ärger. Agnes kann sehr aufbrausend sein", warnte er.

„Ich kann damit umgehen. Ich denke nur, dass du auch an deine Position denken solltest. Viele dieser Heilpraktiker sind ganz anders, als Doktor Hille beschreibt. Auch diese haben ein Recht auf Mitsprache."

Klang vernünftig und Kjell versuchte zuzuhören, aber es war erkennbar, dass andere Probleme ihn ablenkten.

„Mach, wie du denkst, aber sein vorsichtig und fang keinen Streit mit den beiden an."

„Ich gehe den Weg, den ich beschreiten muss. Ohne Sorge, wegen der Schmerzen, die ich ertragen werde", endete sie das Gespräch.

Durch mich

erreicht man

die verlorenen Herzen.

•

Agnes war seit Beginn ihrer Karriere eine hingebungsvolle und motivierte Reporterin. Der Aufstieg zur Redaktionschefin beendete eher ihre teils übermotivierten Einsätze.

Sie startete eine Umfrage in ihrem Social Media und wurde mit verschiedenen Hinweisen belohnt. In kürzester Zeit berichteten andere Personen über ihre Erlebnisse mit Heilpraktikern und Heilern.

Einige Klienten meldeten positive Entwicklungen und die Heilung von Krankheitssymptomen. Agnes unterschied akribisch zwischen Krankheiten und Symptomen, wie auch fundierte Kenntnisse der Heilpraktiker und die fragwürdige Heiler Überzeugungen. Sie las die Rückmeldungen von einige Leser ihr Blog, und als sie merkte, dass die Zeit knapp wurde, sendete sie eine SMS an das Studio.

„Gerold oder das Mädchen sollen die Moderation übernehmen. Ich bin verhindert", schrieb sie an Vardan.

„Ich hoffe, dass ich mir nichts bei dieser Frau Kaschewski geholt habe." Die Ängste vor der grassierenden Krankheit wuchsen in den letzten Tagen, und basierend auf den Erlebnissen nach dem Besuch wurde sie vorsichtig. Insbesondere nahm sie einer angespannten Stimmung in ihr selbstwahr, was nicht ihr Normal entsprach.

Heilpraktiker-Psychotherapeuten waren, aufgrund ihrer Spezialisierung, mit andere Methoden vertraut wie zum Beispiel Yoga, Logopädie und einige Anti-Demenz-Techniken meistens, auch bei Ärzten, hoch angesehen. Im Gegenzug war die Liste der negativen Erfahrungen mit Esoterikern, Pendel und Neo-Seelenklempner, die sich ebenfalls Therapeuten nennen, lang.

„Wer blickt in diesem Chaos durch", fluchte Agnes und wertete weiter in ihr Rückmeldungen aus.

Sie blätterte parallel in ihre früheren Recherchen durch, und einer der schlimmsten Berichte nach ihrer Klassifikationsmethode wurde mit einem Lesezeichen im Browser markiert. Dort wurde über eine Heilerin berichtet, die Sonnenblumenöle in der Krebsbehandlung einsetzte. Sie hatte ebenfalls einen Webauftritt, wo sie die Effektivität von Handauflegen gegen alle möglichen Beschwerden erklärte. Die Website war in der Zwischenzeit deaktiviert.

Agnes stellte fest, dass die Ausgaben mancher dieser Professionellen voraussichtlich enorm waren. Die

Homepages waren perfekt komponiert, viele waren in sämtlichen Suchmaschinen auf der ersten Seite gelistet, und die Fotos waren immer meisterhaft. Dramatische Aufnahmen von einer helfenden Hand oder das sorgvolle Gesicht einer alten Dame, die von einer jungen Betreuerin getröstet wird.

„Na ja, nicht alle landen auf der ersten Seite", überlegte sie, als sie die Website einiger etwas minderwertigerer Aspirantinnen anschaute.

Klar wurde, dass nur eine Gruppe dürfte den Begriff staatlich geprüft nutzen. Die weniger anerkannten nutzten anstatt den Terminus dann Vereinszugehörigkeiten, selbst komponierten Titel, oder nicht nachvollziehbaren Zeugnissen.

„Gesegnet von Papa Juju in eine nicht aussprechbare Dorf", erstaunte sie und lachte.

Von Frau Kaschewski kam eine E-Mail mit einer Liste all ihrer Bekannten, die in den letzten drei Jahren vorzeitig dahingeschieden waren. Sie war zu ihrer Überraschung beachtlich lang. Man kennt ein oder zwei Verstorbene, aber neun Personen fand Agnes etwas weit über ihrer Erwartung. Sie leitete die Liste an Gerold. Dabei wurde ihr auch klar, dass umso älter sie wird, desto mehr verblichene Freunde und Verwandte kannte sie ebenfalls.

„Die Zeit vergeht", bedauerte sie.

Sie wollte gerade das Lesen fortsetzen, als das Telefon sie störte.

Sie las auf dem Monitor, dass jemand vom Studio sie anrief.

„Das ist Vardan." Riet sie.

„Was ist? Ich bin beschäftigt", wehrte sie sich sofort bei Annahme des Gesprächs. Sie überraschte sich mit dem eigenen Ton.

„Gerold ist nicht im Studio und Tinu nicht erreichbar. Ich brauche dich hier." Wenn unter Stress kam Vardans Herkunft deutlicher durch als sonst. Er sprach extrem schnell und stellte jede Pause und Intonation aus, was zum Teil ihn zu verstehen schwermachte.

„Ich werte gerade meine E-Mails und Kommentare von meinem Blog aus. Es ist so viel zu ermitteln. Ich kann ein Taxi nehmen", resignierte sie.

„Ich habe mir erlaubt, ein Taxi zu bestellen. Es kommt in zehn Minuten zu dir. Tut mir leid, aber ich kann eure Arbeit nicht übernehmen. Wie ist der Stand der Recherchen?", fragte er. Seine Stimme verriet den Stress, der ihn zusetzte.

„Wir müssen das Ganze etwas fokussieren. Das Schlachtfeld ist enorm, und ich habe mir vorgenommen, nur die Fälle mit einem tragischen Ende zu untersuchen. Todesfälle sind immerhin ein großes Gebiet, weil die meisten der Opfer wirklich keine Hilfe von der regulären Medizin erhielten. Krebs und AIDS sind die Hintergründe einiger Fälle. Alles andere ist eher Schrott. Ich untersuche den Fall eines Mannes, der seine Frau an eine Sekte verloren hatte. Das scheint vielversprechend. Es sind weder Heilpraktiker, noch Heiler dabei, aber Glauben, was eine weitere Aspekt für unsere Sendung wäre." Agnes suchte den Arm ihres Mantels und presste dazu Mobiltelefon zwischen Schulter und Ohr.

„Mist." Die Leitung fiel ab, und sie hörte, wie ein Auto auf der Straße fuhr. Sie sah aus dem Fenster und stellte fest, dass Taxi gekommen war.

„Später", entschied sie sich, Vardan nicht anzurufen.

Sie holte einem Schal aus der Schublade einer Kommode in der Diele und sah darunter, ein Fotoalbum mit Bildern von ihr mit Gerold, aus der Zeit als sie ein Paar waren.

Sie blätterte kurz im Album und bekam das Gefühl, dass sie ihn vermisste. Sie öffnete ihre Tasche und prüfte, ob ihr Portemonnaie dort war. Sie trug immer Gerolds Foto bei sich.

„Ja, mein Lieber. Ich vermisse dich wirklich. Du mieser Betrüger."

Doch ihr Herz war zu sehr verletzt, dass sie Tränen für solche Gefühle vergießen würde.

•

Gerold untersuchte Agnes-Liste an und suchte meistens vergebens im Internet die Todesanzeigen. Darin fand er den Namen von Herrn Berenz verstorbener Ehefrau.

Bei der Bildersuche mit seinem Browser stieß er auf ein beschriebenes Foto. Dort lächelten Frau Berenz und drei Freundinnen in einer Ausstellung der Galerie Marlon in die Kamera.

Auf dem Foto waren die Namen der anderen Damen, und Frau Berenz notiert. Die vierte in der Gruppe kannte er nicht, und sie war auch nicht aufgelistet.

Er las den Namen nochmal und stellte fest, dass diese die Heilerin Fenja war, die Celina als ehemalige Schülerin erwähnte. Sie war zweifelsohne elegant gekleidet. Ebenso erkannte man, dass sie extrem teure Kleidung trug. Dies waren Designer-Stücke, und ihre Schuhe waren sündhaft teuer. Er kannte sich damit bestens aus, da er Agnes viele Male beim Einkauf begleitet hatte. Ihr Geschmack wurde nur in den gehobensten Läden Münchens, auf der Maximilianstraße befriedigt.

„Das ist nur für Möchtegerne", bagatellisierte sie manche Ware.

Die Bildbeschriftung im Bilddaten erklärte den Moment, und dort las er einen Namen, den er wiedererkannte.

„Dondolianische Bilder?", bemerkte Gerold.

Er suchte wieder einzeln nach den Damen und ihre Verbindung zu dieser Kunst.

Er recherchierte dann die Gemälde und die Galerie, wo sie verkauft wurden.

„Marlon Kuryakin? Das ist ein erfundener Name", urteilte Gerold.

Der Nachname des Galerie-Inhabers und Malers der Bilder kannte er aus einer Fernsehserie und den Vornamen aus Filme, in die Agnes ihn hineingezerrt hatte.

„Sehr interessantes Muster", sagte er sich und suchte nach dem Begriff für die Bilder und fand nichts heraus. Schnell griff er zum Mobiltelefon.

„Ich bin unterwegs", antwortete Agnes von der anderen Seite der Leitung.

„Zu mir?", fragte Gerold.

„Ach, entschuldige. Ich dachte, dass es wieder Vardan wäre." Der Lärm im Hintergrund erschwerte das Gespräch.

„Ich muss etwas fragen. Hast du Zeit?"

„Frag was du willst, und wenn ich keine Zeit habe, rufe ich später an." Agnes hechelte auf dem Weg vom Taxi zum Eingangsfoyer des Gebäudes.

„Ich habe herausgefunden, dass drei der Frauen auf der Liste von Frau Kaschewski ehemalige Patientinnen von Doktor Hille waren." Agnes hielt und holte Luft.

„Das ist aber interessant."

„Nicht nur das, sondern alle drei Frauen haben auch Bilder aus einer Galerie erworben, die von einem Mann namens Marlon Kuryakin geleitet wird." Gerold wartete auf Agnes Reaktion.

„Marlon? Kuryakin? Du machst Witze", lachte sie mit den letzte übrigen Luft in ihre Lungen.

„Nein. Darum rufe ich dich an. Er nennt seine Bilder ‚Dondolianische.' Aber ich finde diesen Begriff nicht im Lexikon und auch nicht im Internet. Kannst du mir helfen?" Gerolds Neugier war Teil seines Erfolgs, und er musste seinen Wissensdurst stillen. Er verbrachte sogar schlaflose Nächte, wenn er einer Spur nachging.

„Ja. Das sagt mir etwas, aber es muss aus den Siebzigern sein. Ich weiß nicht mehr genau. Ich müsste recherchieren. Aber jetzt sollte ich wirklich hinauf zum Studio", entschuldigte sich Agnes.

„Geh. Ich komme, um dich abzuholen. Ich denke, wir werden eine super Reportage machen. Das fängt wirklich an, interessant zu werden."

„Danke. Ich zeige dir dann die ausgewertete Antworten auf meine Blog-Umfrage." Agnes verabschiedete sich kurz. Doch der Klang ihrer Stimme blieb wie ein geistiges Echo haften und erweckte in Gerolds Erinnerung Gefühle, die er seit Langem vermisste.

Wieder stieg Agnes die steile Straße in Richtung Celinas kleines Schlösschen, und ihre Beine sendeten eindeutige Signale der Erschöpfung. Sie stützte sich kurz an der Wand und ekelte sich über den Schmutz, den sie dabei anfasste. Sie schaute auf dem renovierungsbedürftigen Gebäude und überlegte, wie teuer dies sein musste.

Vor der Corona-Welle hätte Agnes sich bedenklos die Hand am Rock abgewischt und wäre weitergegangen, aber der Hype um dieses Thema resultierte bei ihr in einigen traumatische Verhaltensänderungen. So holte sie ein feuchtes Tuch und Handgel aus ihrer Tasche.

„Die Prozedur war etwas zu akribisch, oder?", stellte Agnes in Gedanken fest.

Als sie den Eingang von Celinas Anwesen erreichte, erwischte sie die gleiche Assistentin wieder beim Rauchen.

„Drückebergerin", schoss in ihre Gedanken.

Sie schaute in die andere Richtung und holte sich ihr Handy, um Beschäftigung vorzutäuschen. Das Wartezimmer war voll. Sechs Frauen um die fünfzig saßen mit respektvollem Abstand zu einander, und die andere Assistentin empfing sie.

„Heute müssen Sie bitte Maske tragen. Wir haben sehr viele Klientinnen im Foyer", beschrieb sie die Lage mit einem Lächeln.

„Und warum trägst du keine Maske?", fragte sie sich.

Agnes legte sich eine Gesichtsmaske an und bewegte sich zum gezeigten Stuhl.

„Mit diesen Salzen ist meine Schlaflosigkeit einfach vorbei. Sie sollten wirklich Schwester Celina ansprechen", riet eine stark gebräunte Frau mit rotblonder Frisur.

„Ich bin auch sehr zufrieden mit meiner Behandlung. Celina hat mich gebeten, sie nur Celina zu nennen. Sie will nicht mehr den Titel Schwester führen. Angeblich führte dies zu Verwirrung mit ihr Arbeit. Aber diese Salzen sind wirklich teuer. Warum die Krankenkassen sich weigern, diese Kosten zu tragen, wird mir jeden Monat dieser Behandlung klar", monierte eine andere.

Agnes notierte sich das Wesentliche, was sie hörte, und erinnerte sich an ihre Recherche vor zwei Jahren. Alle diese Patienten schienen mit den Ergebnissen zufrieden zu sein. Ob es sich dabei um einen Placebo-

Effekt handelte, oder Celinas Behandlungen beweisbare Wirkung hatten, war nicht nachzuvollziehen, aber die Heilpraktikerin leistete etwas, was die Ärzte sich kaum erlauben konnten, Aufmerksamkeit und Menschennähe.

Die Raucherin kam ins Wartezimmer und gab Agnes ein Zeichen, ihr zu folgen.

„Wir rufen die Klientinnen nicht laut, weil Celina dies für respektlos hält. Wir setzen uns für einen harmonischen Umgang mit unseren Klienten ein", erklärte die Raucherin und lächelte mit stark vergilbten Zähnen.

„Auch sie trägt keine Maske.", dachte Agnes, während sie die antiken Bilder an der grünen Wand vom Korridor bewunderte.

Eine Wolke von Shalimar oder eher eine billige Imitation davon, mühte sich vergebens, den Nikotingeruch zu überdecken.

„Agnes, wie schön, dass du da bist." Celina schaute auf das leeren Silbertablettchen an ihrem Tisch.

Sie verstand das Zeichen und legte aus ihrer Tasche ein Kuvert mit dem vereinbarten Obolus darauf.

„Ich ändere derzeit mein System, für ein Tarifen basierte Form. Wir haben neue Vorschriften vom

Verband bekommen. Danke, auf jeden Fall. Susanne, bring uns einen Tee bitte. Die Celestial Simphony fünf", verabschiedete Celina die Raucherin.

„Sie stinkt zu stark nach Nikotin, wenn ich das bemerken darf", monierte Agnes. Celina schaute sie überrascht an und nickte zustimmend.

„Ich dachte, ich wäre die Einzige, die sowas merkt. Ich muss mit ihr sprechen." Celinas Augen wiesen unübersehbare Ränder auf und zeigten, dass sie die letzten zwei Jahre übermäßig seelisch beansprucht wurde.

„Ich hoffe, du hast meine E-Mail gelesen", fragte Agnes.

„Liebes, bitte. Dieser Streit zwischen Ärzten und uns bescheidenen Heilpraktikern basiert absolut auf deren Angst vor Einkommenseinbußen. Sie verwechseln uns mit Heiler aus der esoterische Szene. Es geht wie immer um das verdammte Geld. Ich bin staatlich anerkannt, weil ich mein Einkommen von sechs Monate investiert habe und fast zwei Jahren nicht arbeiten könnte. Wer kann sich das leisten? Oder denkst du wirklich, Ärzte interessieren sich viel mehr als wir um die Gesundheit der Patienten? Wenn alle Patienten geheilt wären, wären Ärzte und Heilpraktiker arbeitslos. Sicher, in beide

Branchen sind viele seriös, aber nicht alle. Gerade vor zwei Wochen wurde ein Pseudo-Arzt entlarvt mit gefälschte Papiere. Die von Doktor Hille beschriebenen Bedenken teile ich auch. Aber immerhin, das macht uns nicht zu Verbündeten." Celina vergaß für einen Augenblick ihre heilige Aura und benahm sich wie eine gewöhnliche Geschäftsfrau, die sie ja auch war.

„Aber wenn Personen anfangen, diese Epidemie zu verharmlosen und das Leben anderer zu gefährden, dann wird das auch ein Problem für die Behörden", erläuterte Agnes.

„Aber damit dies klar ist: Frau Kaschewski und die andere, die am Leopoldpark starb, waren seit fast einem Jahr nicht mehr meine Klientinnen." Celina tippte unkontrolliert auf dem Tisch herum.

„Wieso? Frau Kaschewski gab mir deine Visitenkarte." Agnes war sich dieser Aussage unklar.

„Wir sind gute Bekannte. Sie wollte mir etwas Gutes tun, weil sie weiß, dass ich nicht gut fand, dass sie und viele andere meiner Klientinnen zu Fenja wechselten. Fenja selbst will keine weiteren Empfehlungen, sie hat zu viele Klienten. Sie hat ihre Prüfung abgelegt, aber wusstest du, dass wenn sie als Heilerin arbeitet, keiner sich dafür interessiert, aber als staatlich anerkannte Heilpraktikerin bekäme sie Inspektionen vom Staat, die Versicherungen wären teuer und ihre Verantwortung gegenüber der Behörden wäre größer. Sie hat sich bewusst dagegen entschieden und treibt, was sie will, ohne Konsequenzen. Sie bittet die Klienten, nie über ihre Arbeit zu sprechen. Was das Ganze, geschäftlich gesehen zum besten Marketing macht, weil jede dieser Klientinnen will etwas Besonderes haben, was die anderen nicht bekommen. So hat sich Fenjas Geschäft sehr gesteigert", erklärte Celina leicht resigniert.

„Hast du schon bedacht, dass die Polizei zu dir kommen könnte, wenn es sich herausstellt, dass viele dieser Personen aus dem Kreis der Corona-Leugner deine Klienten sind?", suggerierte Agnes.

„Ich bitte dich. Ich bin keine Spinnerin. Ich arbeite seriös und ohne Show. Alle diese Büchern auf den Regal wurden gelesen und bearbeitet. Ich hätte in diese Zeit, die ich bereits in meine Karriere investiert habe, auch die Uni besuchen können. Dazu habe ich meine Zertifikat als Krankenschwester endlich erworben." Celina zeigte Stolz auf der Bescheinigung an der Wand, welche im edlen Holz umrahmt war.

„Und du nennst dich Schwester Celina, weil ...?" Agnes lachte diskret über die Behauptung, dass sie ohne Show arbeiten würde.

„Gut, das ist Vergangenheit." Celina beschwichtigte diesen Teil ihr Geschäftsmodell.

In diesem Moment kam die Raucherin mit einem Tablett, worauf zwei dampfende Teetassen zu sehen waren.

„Liebes, wenn Gäste hier sind, benutze bitte das feinere Porzellan, von dem du schon zwei Tassen kaputt gemacht hast. Ist das okay?" Celina sprach mit eine sanfte und freundliche Stimme und lächelte, als wäre sie ein Hai.

Die erschrockene Raucherin verließ mit verärgertem Gesicht den Raum. Agnes verfolgte alles mit wachsamen Augen und einem leichten Schmunzeln, was ‚keine Show' anbelangte.

„Tut mir leid. Sie lernt noch."

„Gewiss. Aber es waren doch deine Klientinnen", insistierte Agnes.

„Das würde ich nicht sagen. Sie sind bei der jungen Fenja. Dieses Miststück stiehlt mir die Kundschaft, nachdem ich sie ausgebildet habe", platzte es aus Celine mit unüberhörbarer Verbitterung.

„Ach ja, die. Es ist schwierig, bei ihr einen Termin zu bekommen."

„Ich glaube auch nicht, dass sie sich in die Karten blicken lässt. Wenn sie hört, dass du für eine seriöse Reportage arbeitest, wird sie dich meiden. Alle, die zu ihr gingen, berichten, dass sie mich nicht mehr benötigen. Sie sind geheilt, und das Absurdeste ist, sie wissen zum Teil gar nicht mehr, woran sie erkrankt waren. Positive Gedanken heilen alles." Verzweiflung sprach aus Celinas Gesicht.

„Was?"

„Ja. So wie ich dir sage. Sie überzeugen sich mit positiven Gedanken und ist gut. Das ist eine Mode-Erscheinung, aber die Marketing wirkt Wunder. Einige, die ich angesprochen habe, wussten nicht mehr, warum sie jemals zu mir kamen, behaupteten mindestens zwei, die ich gut kenne. Sie bezahlen für Vorträge, wo dieses Mädchen über Astrallichter und goldene Hüllen und sonstige Fantasien faselt. Das muss ich betonen, kommt nicht von meine Ausbildung. Ich hörte nur davon, weil Fenja nicht erlaubt, dass andere Heiler oder Heilpraktiker sich dort einmischen. Sie führt genau Buch darüber, wer sie und zu welchen Zweck besucht. Sie war bereits als Schülerin sehr genau. Immerhin habe ich sie ausgebildet, aber nicht für solche Zwecke. Ich betreibe eine seriöse Beratung mit Heilplan, welche auch von Ärzte befürwortet werden." Celinas Würde war angekratzt und der Stress nachvollziehbar.

„Wie hast du festgestellt, dass sie sich nicht an die ursprüngliche Krankheit erinnern?" Agnes war begierig, Material für ihre Sendung zu erhalten. Fast vergaß sie aufzuschreiben.

„Eine der Klientinnen, die leider schon von uns gegangen ist, habe ich per Zufall beim Einkaufen getroffen. Ich begrüßte sie und sie tat, als würde sie sich nicht mehr an mich erinnern. Da sagte ich: ‚Was? Sie waren bei mir drei Jahre in Behandlung.' Sie gab weiterhin vor, sich nicht an mich zu erinnern. Ich fand das schamlos und ließ die Kuh weiter einkaufen. Aber das geschah dann wieder mit einem Herrn, von dieser Sorte, wo man sich wünscht, er wäre kein Klient. Er sah extrem gut aus. Ich bin sehr professionell, du weißt das."

„Und einsam wie ich", fügte Agnes gedanklich hinzu.

„Er sagte, dass er sich an mich erinnerte, aber dass er nicht mehr wusste in welchen Zusammenhang. Er vergaß die Stunden, die wir seinen Speiseplan besprochen hatten. Er meinte auch, dass er keine Krankheiten habe, die positiven Gedanken würden ihn vor Leiden schützen. Er schaute mich an, als wäre ich eine Spinnerin." Celina schlürfte an ihrem Tee.

„Seltsam. Vielleicht waren sie mit deinen Leistungen nicht zufrieden?", schlug Agnes vor.

„Das kann ich nicht glauben. Ich denke, dass Fenja etwas macht, was nicht in Ordnung ist. Es ist zwar nur eine Vermutung, aber sie muss etwas tun, damit diese Personen nie wieder herkommen oder mich je wieder ansprechen. Ich hatte sogar versucht, sie telefonisch anzusprechen. Und meine frühere Assistentin, Misuke, sagt mir, dass Fenja, das undankbare Mißtstück, zu beschäftigt für mich sei. Dieser Tee ist kalt." Celina war leicht aufgebracht.

„Wenn diese Personen geheilt sind, dann hat sich Fenjas Methode bewährt." Agnes schaute auf ihre Uhr und merkte, dass sie verspätet war.

„Ich habe eine Liste von allen Klienten, die vermutlich zu ihr gegangen sind. Du hast damit eine wichtige Information. Ist das interessant?"

„Bestimmt. Celina, ich muss gehen. Gerold war gestern so lange bei mir, dass ich zu spät ins Bett ging, und ich muss heute noch einiges für meine Nachrichten vorbereiten."

„Bist du mit Gerold wieder zusammen?", fragte Celina.

„Bewahre. Ich lasse mich nicht einlullen."

„Sei nicht so streng zu ihm. Ich wäre froh, wenn ich einen Gerold hätte." Etwas in Celina war endlich ehrlich und uneigennützig. Die Liebe für Romanzen.

„Ich möchte nebenbei nur eine private Sache fragen. Ich war bei dieser Frau Kaschewski, und ich fühlte mich so schlecht danach. Ich kann es nicht erklären, aber ich hätte mich beinahe erbrochen, und die Nacht danach war die Hölle auf Erden. Denkst du, dass meine Hormone spinnen?", fragte Agnes.

„So wie du es beschreibst, kann auch sein, dass diese Frau unbeabsichtigt etwas bei dir in Erinnerung gerufen hat, das dich krank gemacht hat. Auch Allergien sind möglich. Komm mal zu eine Anamnese." Celina schaute sich Agnes an und versuchte, eine Diagnose zu formulieren.

„Danke, Celina. Ich melde mich wieder, wenn ich mehr Informationen benötige und Zeit habe."

Sie verabschiedeten sich, und Agnes begab sich auf den Weg zur S-Bahn.

„Ich hätte sie nach meinen Fersenschmerzen fragen sollen", überlegte sie.

Ein unerklärliches Unbehagen umgab Agnes. Sie schaute in alle Richtungen und sah kaum eine Person. Die paar Autos, die gelegentlich vorbeifuhren, gaben ihr das Gefühl verfolgt zu werden.

„Das Dunkel", fasste sie zusammen, was sie beunruhigte.

●

„Komm rein", forderte Kjell umrandet von der Nachmittagssonne. Sein egozentrisches Gehabe schien angeschlagen zu sein und sogar seinen Haaren, die selten nicht professionell frisiert waren, sahen an diesen Tag trist.

Im Büro war weiterhin kaum jemand zu sehen, und Vardan folgte seine Anweisung.

„Agnes hat mich wieder sehr überrascht", gab Kjell zu. „Das alte Mädchen ist wirklich unvergleichlich hinsichtlich des Arbeitsvolumens, das sie in so kurzer Zeit allein leistet."

Vardan beendete das Lesen von Agnes Bericht auf seinem Tablet.

„Wäre sie nicht so aufbrausend und manisch, wäre sie wirklich die beste Mitarbeiterin in der Redaktion." Vardan beabsichtigte mehr zu sagen, aber er tastete sich heran, um Kjells Stimmung besser einschätzen zu können. Er behielt noch in Erinnerung die Blicke von Tinu in deren letzte Begegnung.

„Gerold ist auch gut, dennoch befürchte ich, dass viele gekündigt werden, weil eine zweite Welle der Pandemie erwartet wird und die Produzenten vom Home-Office nicht begeistert sind. Alte Generation oder sie wollen lediglich die Kosten der Home-Office-Einrichtungen sparen. Sie sind von unseren Fortschritten überzeugt und werden die Sendung sogar in drei Folgen finanzieren. Wir sollten Gerold und Agnes informieren. Ich staune, dass sie sich noch nicht gegenseitig umgebracht haben. Agnes ist so oft ausgeflippt wegen ihm. Ich dachte, es würde sofort eskalieren." Kjell tat etwas, was Vardan absolut nicht begeisterte, er hob seinen rechten Fuß auf den Tisch und spreizte das linke Bein in die andere Richtung.

„Der Jarl[2] ist wieder da", stellte er an das Benehmen seinem Boss fest.

Kjells Manieren waren für Vardan grotesk und kaum seiner Position angemessen, jedoch würde er sich niemals trauen, dies auszusprechen. Er verglich ihn mit dem früheren Wikinger.

---

[2] Fürstentitel in den nordischen Ländern aus den Germanischen Eisenzeit.

„Wenn wir das Budget genehmigt bekommen, sollten wir uns erst auf die Reportage konzentrieren. Eventuell können wir zwei oder drei Personen aus der Kurzarbeit ins Studio holen. Du musst dich bei den Produzenten umhören", schlug Vardan vor, dabei drehte er sich vom Anblick von Kjells gespreizten Beinen weg.

„Doktor Hille schrieb, dass der Mann, der von der Reichenbachbrücke gesprungen ist, Krebspatient war. Der Mann war mit der Behandlung einer harmlosen Erkrankung in den Hände bei einem oder mehreren Heilpraktikern geraten, das habe ich nicht ganz verstanden an seiner E-Mail. Später stieg er zu eine Heilerin ab" Kjell schaute Vardan nicht direkt an und kümmerte sich um sein Handy.

„Ich bekam das als Kopie. Der ungünstige Verlauf wurde mit Nachlässigkeit begründet. Der Mann wollte keine Behandlung mehr und erklärte seinem Doktor, dass er geheilt sei. Klingt wie ein Fanatiker aus einem Kult. Ich kenne das aus Indien. Viele vertrauen mehr der Geisterwelt, als der westlichen Medizin. Aber wir können sowas in der Sendung nicht ansprechen. Ich halte die westliche Medizin in vielen Aspekten auch nicht für glaubwürdig oder begründet. Sie heilen mit einem Medikament Kopfschmerzen und dafür sind Leber, Magen und Nieren dann kaputt. Wir sollten objektiv bleiben und nicht Richter spielen." Vardan überlegte dabei, wie viele Zuschauer auf die Positionierung der Berichte positiv reagieren würden.

„Tinu hat mich angesprochen, weil sie an dem Projekt teilnehmen wollte", sagte Kjell beiläufig und blätterte weiter in seinem Handy.

„Immer noch besser, als hätte er vorgeschlagen, sie würde mir zur Seite stehen" Vardan hätte beinahe über den Gedanken gelacht.

„Das hat wirklich Eskalationspotenzial, weil weder Agnes noch Gerold viel von deiner Freundin halten." Vardan hielt sich die Hand auf den Mund, sich des laut ausgesprochenen Gedankens bewusst.

„Sie kommt damit zurecht." Kjell wedelte mit der Hand und gab Vardan zu verstehen, den Raum zu verlassen.

Was Kjells Überheblichkeit ihn nicht sehen ließ, war der Zorn, der sich in Vardans Augen sichtbar wurde.

●

Die weißen Wände schienen nach oben unendlich zu sein. Die Raumhöhe von über drei Meter beeindruckte ebenfalls, und der glatte

Linoleumboden überzeugte mit einem schlichten, aber geschmackvollen Muster den Besucher. Am Eingang waren Prospekte sauber in einem Spender angeordnet und im Gegensatz zu anderen Prospektspendern, die er kannte, waren diese weder unordentlich noch staubig.

„Guten Tag", begrüßte ihn ein kleiner adretter Mann, der schätzungsweise um sein dreißigstes Lebensjahr hinter sich hatte, aber unklar ließ, wie alt er konkret sein könnte. Er war in vieler Hinsicht altmodisch gekleidet.

„Was für ein skurriler Typ", bemerkte Gerold.

Seine offen gezeigt Homosexualität kümmerte ihn kaum, denn in seiner Branche hatte er mehr Kontakt zu solchen Männern gehabt als ein Schwulenbarbesitzer. Seine stark betörende Art verunsicherte Gerold.

„Träumer", notierte er.

Er schien trainiert zu sein, Menschen um den Finger zu wickeln. Der Art Schurke, welche Frauenherzen in schäbige Romanen bezaubert. Stechende grüne Augen wurden von der Helligkeit den Nachmittagssonnen hervorgehoben.

„Danke, dass Sie sich die Zeit genommen haben, mich zu empfangen." Gerold nickte und zog seinen Mundschutz zurecht.

„Bitte machen Sie sich keine Sorgen. Ich wurde negativ getestet, und wir sind allein hier in einem über zwanzig Quadratmeter-Raum. Sie sind Reporter, nicht wahr?" Marlon schlängelte um Gerold und betrachtete ihn von allen Seiten. Dies verunsicherte ihn etwas mehr, was scheinbar die Absicht des jungen Mannes zu sein schien. Gerold folgte Marlon mit den Augen.

„Ich habe viel von ihren Don... Bildern gehört." Er hatte das Wort vergessen.

„Wirklich? Wie denn? Ich bin sprachlos", schrie Marlon und klappte einen Besucherstuhl für ihn auf.

„Wie teuer sind diese Bilder?" Gerold zeigte auf die Wand.

„Nichts für die Portokasse des gewöhnlichen Bürgers." Marlon kokettierte etwas und schlug ein Bein über das andere. Für einen kurzen Augenblick erinnerte sich Gerold an Frühstück bei Tiffany.

„Ich hörte über ihre Bilder bei Herrn Berenz", versuchte er ihn auf den Zweck des Interviews zu lenken.

„Wer ist das?", fragte Marlon.

„Seine Frau starb an Krebs vor einigen Monaten. Sie hatte drei Ihrer Bildern abgenommen." Der junge Mann legte seine gepflegte Hand mit durchsichtig lackierten Fingernägeln auf seine Stirn, als würde er eine Erinnerung rufen.

„Ach die. Wie tragisch. Ja. Sie liebte meine Bilder." Marlons vorgeführte Trauer war extrem dramatisch und kaum glaubwürdig für erfahrene Augen wie Gerolds. Trotzdem effektiv für dem Zwecken.

„Ich hoffte, sie könnten mir die Technik ihrer Bilder erklären. Angeblich sollen die Farben heilen ... habe ich den Witwer richtig verstanden?" Die Frage schien Marlon zu beunruhigen.

„Oh bitte. Bilder sind nur Gegenstände, worauf Farben zusammengestellt werden. Ich biete Chromotherapie. Das ist eine Art Farbtherapie. Die wird übrigens geschult von der fabelhaften Schwester Celina. Kennen Sie sie?" sagte Marlon majestätisch.

„Ach nein, das wusste ich nicht. Sie sind neben der Aufgabe mit der Galerie noch Therapeut?" Gerold staunte über diese Konstellation.

„Allein mit der Galerie könnte ich kaum meine Miete bezahlen. Ich bin ein armer Künstler." Marlon lenkte, wie es schien, vom Thema ab.

„Sind sie ein Therapeut?", insistierte Gerold.

„Nein, keinesfalls. Die Heilerinnen und Heilpraktikern, mit denen ich arbeite, bestellen bei mir die Bilder. Oder sie senden ihre Klienten hier zu mir, und ich berate lediglich gemäß dem, was die Therapeutinnen fordern." Gerold erinnerte sich an Celinas Umgang mit Geld.

„Verraten sie mir ein Geheimnis?".

„Ein weiser Mann sagte, dass nicht die Fragen ihn beunruhigen", lächelte Marlon.

„Wie viel kassieren diese Therapeutinnen als Provision?"

„Je nach Fall, mindestens die Hälfte des Geldes. Aber das ist in meiner Branche üblich. Ich glaube nicht, dass sie diese Personen nur wegen des Geldes zu mir schicken. Alle Käufer sind zufrieden. Alle fühlen sich geborgen und allein die Zeit, die ich mit diesen Personen verbringe, ist auch eine große Dienstleistung", versuchte Marlon zu begründen.

„Arbeiten sie auch mit der Heilerin Fenja?", fragte Gerold.

„Sie ist meine beste Vermittlerin."

•

Die Heizung lief auf höchster Stufe in Kjells Wohnung, und Tinu fröstelte in ihrem Flanellschlafanzug. Ihre Beziehung schien an einem Punkt gekommen zu sein, wo die sexuelle Anziehung bereits nicht mehr vordergründig war, und die nächste Etappe stellte sich für beide mit einer Herausforderung heraus, die sie nicht bisher kannten.

„Willst du einen Tee?", fragte er, an Mangel an einen besser Vorwand sie anzusprechen.

Sie blätterte weiter hektisch auf ihrem Tablet und wedelte ein Nein in Richtung des bärtigen Liebhabers.

„Du musst dich testen lassen. Wenn du krank bist, musst du in Quarantäne." Unbeabsichtigt hielt er sich von ihr fern.

„Du bist ein Feigling. Es wäre nicht notwendig, im Wohnzimmer zu schlafen", monierte sie.

„Ich darf nicht krank werden. Momentan rollen die Köpfe im Studio, und die Werbeeinnahmen sinken. Das *Gros* unserer Werbeeinnahmen die vom Kaufhaus wurde gekündigt. So wie es in einer E-Mail klang, werden sie schließen. Nimm das nicht persönlich. Ich muss mich fit halten", begründete Kjell sein Verhalten.

Verloren in seiner Selbstsucht, setzte er sich ans Fenster des Apartments und schaute zum Horizont.

„Passt jemand auf deine Wohnung auf?", fragte er beiläufig.

Tinu lief rot an, mied aber, auf die Frage zu reagieren.

„In Gerolds Bericht erwähnt er eine Heilerin, namens Fenja. Die gleiche Frau wurde von Agnes erwähnt. Sie scheint auch sehr beschäftigt zu sein, weil sie ein Interview zweimal ablehnte. Ich meine, ein Interview mit Agnes ist der Hit für jeden Münchener." Tinu lief eilig durch die Wohnung und holte sich ihre Sachen zusammen.

„Hast du Fieber?" Fragte Kjell, dabei wurde ihm klar, dass Tinu in seinem Computer geforscht hat.

„Nein. Es ist egal. Ich gehe zu meiner Wohnung und bleibe dort einige Tage. Ich will diese Fenja interviewen. Gibst du mir die Genehmigung?" Tinu zog sich schnell um und stopfte ihren Pyjama und einen Rucksack.

„Klar. Du musst nicht weggehen. Ich habe nicht angedeutet ..." Kjell wurde abrupt vom Geräusch der schließenden Appartementtür unterbrochen.

„Geschafft,"prostet er sich zu mit einer Tasse Kaffee.

Er war sich nicht mehr sicher, dass er sich wünschte, sie würde wiederkommen. Erneut überprüfte er seine Temperatur an und las die Corona-Symptome der seinem Handy ab.

•

Wieder rieselte der Schnee in der letzten Märzwoche. Diese wird sich in Bayern mehrfach wiederholen, bis im Mai die Kalte-Sophie[3] kommt.

Es war zu früh, um erneut im Büro der geheimnisvollen Fenja anzurufen, so entschied sie sich, mit einer Tasse Tee Celinas Werdegang im Internet zu recherchieren.

Ihr wurde klar, dass sie sich um Heilmethoden beschäftigte und sogar mehrfach als neue Hildegard von Bingen von Kollegen bezeichnet wurde. Vor zwei Jahren schien ihr Leben einen Abschnitt durchgemacht zu haben, der sie beinahe ruiniert hätte. Unglücklicherweise war dies auch mit ihrer Arbeit verbunden. Sie berichtete damals über missglückte Behandlungen von Heilpraktiker und war

---

[3] Letzte Schnee im Mai in Deutschland

etwas rücksichtslos mit ihrer Perspektive des Beitrages.

„Und klar, sie braucht ein Mann. Das wurde mir beim letzten Besuch klar", vermutete Agnes.

Auf allen Social-Media-Kanälen waren Fotos einiger Klassen, die sie ausgebildet hatte, zu sehen, und es gab viele Einladungen zu Praxiseröffnungen.

Seitdem her, bemühte sich Celina um Seriosität und Anerkennung. Dies erkannte sie auch an den Bewertungen auf Celinas Website.

•

Das Telefon unterbrach ihre Recherche mit dem Geräusch eines landenden UFOs.

„Was ist, Gerold?", fragte sie etwas geistesabwesend und setzte ein Lesezeichen an eine Bewertung.

„Ich war in der komischen Galerie. Der Kurator macht nicht den Eindruck übergeschnappt zu sein, und er ist auch kein richtiger Betrüger. Er sprach von Chromatherapie und wie die Farben auf den Menschen wirken und so ein Zeugs, aber das Ganze ist mir, ganz ehrlich zu abgehoben. Tatsächlich ist er nur ein guter Verkäufer. Ich erinnerte mich an mein erstes Auto. Der Verkäufer sprach eine ganze Stunde über das Gefühl, das ich am Steuer haben sollte. Am

Ende hatte ich meine Hand mehr am Heck beim Schieben der Karre, weil sie ständig kaputt war." Gerold machte eine Pause, da sie nichts sagte.

Agnes, die weiter am Bildschirm ihre Funde las, merkte die Stille und hob den Finger zum Kinn, eine langjährige Gewohnheit, wenn sie in Gedanken versunken war.

„Sehr schön, Gerold. Aber ich bin momentan noch bei meinen Recherchen und sehe, dass sehr viele Gründe für Doktor Hilles Verdächtigungen existieren, aber aber andererseits nicht alle Heilpraktiker auch Betrüger sind. Ich denke, wir sind zu voreingenommen in die Sache reingetapst. Hast du versucht zu verstehen, ob er tatsächlich an seine Behauptungen glaubt? Nur weil wir daran nicht glauben, heißt dies nicht, dass es nicht stimmt. Ich bin etwas offener für neue Ideen." Agnes Bestreben war stets, bei ihrer Arbeit neutral zu bleiben, was ihr in der Politik nie geholfen hatte.

Gerold von dieser Äußerung überrascht, aber er versuchte, sie zu verstehen. Auch in den Jahren, als sie ein Paar waren, lernte er, dass sie meistens einen weiten Blickwinkel auf die verschiedenen Situationen bewahrte. Was beiden häufig zum Vorteil gereichte.

„Du hast Recht. Ich glaube, ich versuchte, in ihm nur einen Betrüger zu sehen, und deshalb fand ich nichts anderes. Ich sprach auch mit seinem Partner. Denkst du, dass Homosexuelle anfälliger für alternative Heilungsmethoden sind?" Gerold mied aus unbegründeten Vorurteilen diesen Personenkreis und war sich bewusst, dass Agnes im Gegenteil zu ihm in diesen Kreisen besonders beliebt war, und einige Travestiekünstler sie sogar parodierten.

„Einen Beweis dafür habe ich nicht, aber da viele sensibler und kreativer sind, wäre darin vermutlich die Ursache zu finden. Keinen unbegründeten Verdacht. Worüber hast du mit seinem Partner gesprochen? Ist er auch ein Therapeut?" Agnes nutzte alle Kraft ihres Multitaskings und las weiter auf ihrem Monitor.

„Das war eher ein Zufall, weil Marlon einen Termin hatte und Ted, sein Partner, löste ihn ab. Scheinbar gab es in der letzten Minute einen Termin. Er meinte, dass viele Menschen, die er kannte, bereits gestorben seien. Er meinte, dass keiner, der Heilung sucht, dies unbegründet mache, und häufig werden die Beschwerden dieser Personen von Ärzten nicht ernstgenommen oder wegen Zeitmangel nicht gründlich untersucht. Aber er betonte mehrfach, dass er kein

Therapeut ist, aber mit diesen zusammen arbeitet. Wie läuft es sonst bei dir? Ich könnte auf einen Kaffee vorbeikommen. Heute übernimmt das Mäuschen und der jüngere Moderator die Sendung. Wir, ‚die Alten‘ haben frei." Gerold sprach vorsichtig und versuchte, Agnes nicht zu erzürnen. Er war sich bewusst, dass sie von ihm keine weiteren Annäherungen duldete, und die Gründe kannte er leider nur zu gut.

„Ich sprach mit einer Assistentin der Heilerin Fenja. Ihr Name ist Misuke. Sie gab ganz klar zu verstehen, dass ich entweder für den Termin zahle, oder ich komme als Klientin. Es war nicht leicht. Die Frau ist ein Wächter und lässt keinen durch. Ich meldete mich als Klientin und werde versuchen, mir ein neutrales Bild von ihrer Arbeit zu machen. Du kannst vorbeikommen. Bring Kuchen mit. Ich habe keine Lust zu backen." Agnes würde nie zugeben, dass sie Gerold auch vermisse, aber dieses unausgesprochene Geheimnis war beiden bekannt.

„Wir haben nicht viel Zeit für diese Recherche. Sie wollen bereits im Juli ausstrahlen", erinnerte Gerold.

„Sei nicht töricht. Wir werden darüber mindestens vier Sendungen machen. Ich sprach mit meinen Freunden in der oberen Etage. Aber Tinu scheint davon Wind bekommen zu haben und will sich einmischen. Ich werde ein ernstes Gespräch mit Kjell führen und sie an ihren Platz verweisen. Sie ist keine Reporterin." Agnes legte ihre Brille beiseite und lehnte sich erschöpft an den Bürostuhl.

Zorn begleitete ihr und sie musste wieder sich zügeln, um nicht in ein Beschimpfungsanfall zu landen.

„Fang keinen Streit an. Ich komme in zwanzig Minuten. Ich muss mich nur vorher um einen anderen Toten kümmern." Gerold war mit dem Bus unterwegs, und der Lärm irritierte Agnes.

„Schon wieder eine?" Fragte sie, und dabei kämmte ihren silbernen Haaren elegant mit der Hand.

„Wir hatten fast zehntausend Selbsttötungsdelikte letztes Jahr. Corona hat doppelt so viele Infizierte bereits jetzt erreicht mit fast sechshundert Toten. Ich sehe nicht so viel Überraschung an das, aber scheinbar war diese Frau die erste Patientin von Fenja, der sich umbrachte." Ein protestierender Fahrradfahrer schimpfte Gerold, der unachtsam vom Bus ausstieg.

Er überrascht mit dem schnell fahrenden Zweirad wurde etwas schwindelig und er stützte sich kurz an einem Baum.

„Gerold, bitte. Du musst schauen, wo du hingehst." Für Agnes war seine Unachtsamkeit keine Neuigkeit.

„So ein Arsch. Der hätte mich töten können." Sprach Gerold mit schweren Atmen.

„Beeile dich."

„Ich bin in Kürze da. Ich will nur eine Genehmigung für die Polizeiakte abholen, und dann bin ich bei dir. Ich habe dir auch Celinas E-Mail mit meinen Kommentaren weitergeleitet." Gerold wartete nicht lange und verabschiedete sich nicht, aber das war nicht ungewöhnlich.

Agnes rief ihre E-Mail-Anwendung auf und las die Details über die Verstorbene, die Celina an Gerold geschrieben hatte.

Er platzierte einen Link zu einem Artikel aus der Presse. Es handelte sich um eine Zweiundfünfzigjährige, die sich im Sommer vor zwei Jahren umbrachte. Das lokale Blatt berichtete oberflächlich darüber. An einem Foto der Dame, das kurz vor ihrem Ableben aufgenommen wurde, sah man eine unbeschwerte Abenteurerin mit billigem Haarschnitt. Ob wegen ihrer Kleidung oder den Haaren war sich Agnes nicht sicher, aber sie ähnelte in vielen Details Frau Kaschewski. Die Erinnerung erreichte sie unverhofft, und sie bemerkte sogar den unangenehmen Geruch, den sie in der Wohnung ihrer Interviewpartnerin gerochen hatte. Ihr Magen revoltierte, und sie bekam stechende Schmerzen in der linken Kopfhälfte.

„Irgendwann krepiere ich allein in dieser Wohnung", stellte sie fest.

Gerechtigkeit

hat mich dem

Nichts entrissen;

•

Der erste Nachmittag des Aprils neigte sich seinem Ende zu. Vardan las und auf dem Monitor eines Computers die neuen Maßnahmen der Regierung gegen die Pandemie.

„Uns geht bald der Stoff aus. Wir haben bereits fünfmal über den möglichen Ausfall des Oktoberfests berichtet, die Bestätigung kommt bis Ende des Monats, aber daran gibt es derzeit keinen Zweifel mehr. Jeder hat bereits kapiert, dass München viel Geld verlieren wird. Ich brauche Personal um neue Themen zu finden, über die berichtet werden kann. Aus den Home-Offices kommt wirklich zu wenig. Allein heute haben zwei Redakteure unaufgefordert Tweets des US-Präsidenten ausgewertet. Das ist lächerlich. Nicht jeder eignet sich zum selbstständigen Arbeiten, und ohne direkte Überwachung leisten einige wirklich nichts. Ich habe Cäcilie Adelwarth bereits zweimal alkoholisiert im Konferenz-Call erreicht. Sie behauptete, es sei eine Migräne, aber ich sah ihre Augen, und die Wörter kamen wie Kleister aus ihrem Mund." Vardan klang hoffnungslos. Sein Ausbruch prallte auf eine Mauer der Ratlosigkeit. Kjell konnte seine Präsenz bei den

Management handhaben, aber Mitarbeitern hat er stets ungern betreut.

„Geduld. Wir dürfen keinen Wirbel aus unserer Situation machen. Wir sind die Manager, aber wir sind beinahe die Jüngsten in dieser Truppe. Die Produzenten sind noch zufrieden. Ich habe das Schreiben von Doktor Hille gelesen, noch bin ich nicht überzeugt, dass alle Heilpraktiker oder Heiler wie er behauptet kriminell sind. Wir müssen aufpassen, dass wir nicht ausgenutzt werden. Viele unsere Zuschauer sind froh, dass eine Alternative zum Ärzten gibt." Kjells Fähigkeit zur Analyse der Argumente verhalf ihm zu seinem Posten.

„Ich auch nicht. Vor allem darf man nicht das Wirtschaftsinteresse der Ärzte übersehen. Dies ist aber derzeit das einzige Projekt, den wir führen. Mir ist unklar, warum alle anderen Projekte angehalten wurden. Wir könnten andere Sponsoren ansprechen", bemerkte Vardan.

„Bis die Krise sich beruhigt, können wir das Management nichts bieten, um mehr Geld zu fordern. Tinu hat mich gebeten, in Agnes und Gerolds Projekt involviert zu werden", fügte Kjell beiläufig hinzu.

„Das kann explosiv werden. Weiß Agnes davon?"
Vardan sah diese Wendung voraus.

„Ich habe Tinu lediglich erlaubt, einer anderen
Sichtweise auf die Heilpraktiker und Heiler
nachzugehen. Es ist ein Thema von
Publikumsinteresse, und mit dieser Pandemie
könnten wir es sogar schaffen, dass andere Sender
unser Material ausstrahlen. Wenn Agnes Probleme
damit hat, soll sie sich an ihre Freunde in
Management wenden. Ich habe die Querelen mit ihr
ziemlich satt. Ich möchte noch erwähnen, dass Tinu
nicht mehr in meiner Wohnung ist." Kjells
Erschöpfung mit den Eskalationen im Führung zeigte
sich auf seiner Haut und in den Rändern unter seinen
Augen. Er war bemerkenswert anziehend, aber der
vormalige Glanz wurde von einer reiferen Version des
rebellierenden Jungen ersetzt.

„Wir sollten nicht mehr Probleme schaffen, als wir
bereits haben. Ich will diesen Job länger behalten. Ich
glaube nicht, dass wir bald Ersatz auf dem Markt
finden werden. Direkt jetzt am Anfang der Krise,
haben Vier der bekannten Studios bereits Insolvenz
angemeldet. Ich will mir nicht vorstellen, was
passiert, wenn diese Pandemie über einem Jahr

dauert. Hast du Streit mit Tinu?" Vardan wandte sich vom Monitor ab und schaute Kjell an.

„Nicht unbedingt. Sie hat in meinem Computer rumgefummelt. Ich mag das nicht."

Vardan überlegte, wonach sie in Kjells Daten gesucht haben könnte.

•

„*Blanko*", dachte Agnes.

Sie schaute nach links und rechts und überlegte, wie sie an diese U-Bahn-Station gekommen war.

Kühler Wind blies in der unterirdischen Anlage und den kalten Duft von Beton und Eisen lies der Ort gespenstisch erscheinen.

Auf ihrer goldenen Armbanduhr zeigten die Zeiger sieben Uhr abends, und sie fror mit ihrem Mantel über dem Arm. Sie stand auf und zog ihn an.

„*Seltsam*", überlegte sie, und da keiner in ihrer Nähe zu sehen war, holte sie ihr Handy aus der Tasche und rief ihren Kalender auf. Ihre Augen fühlten sich schwer und unter anderem Umstände, hätte sie an eine Grippe dafürgehalten.

Sie erinnerte sich, zur Heilerin Fenja gefahren zu sein. Sie meldete sich dort am Empfang an, aber alles andere, was folgte, schien wie ausradiert zu sein.

Sie suchte nach ihrem Notizblock, wo sie ihre Fragen aufgeschrieben fand.

„Eine verständnisvolle Person", schrieb sie unter die letzte Frage und blätterte fort im Heft, aber es waren keine weiteren Notizen mehr vorhanden.

Sie vernahm einen Geruch von Lotus und Ylang und fasste sich am Nacken. Das Gefühl, dass ihr dies guttat, stieg in ihrem Leib fast wie ein lang vergessener Orgasmus.

„Wann hatte ich zum letzten Mal Sex?", fragte sie sich, als die U-Bahn in die Station einfuhr. Sie hätte fast gelacht, wenn nicht eine unklare Angst sie davon abhielt.

Ohne ihre eigene Frage zu beantworten, stand sie auf. Sie strengte sich beim Einsteigen, weil sie müde war.

Sie wühlte auf der Suche nach Antworten in ihrer Tasche und traf auf ein Gläschen mit Lavendelbonbons.

„Wenn ich nicht da bin, wird dich Lavendel beruhigen", kam in ihrem Gedächtnis.

Ihre Reportage schien ihr nicht mehr wichtig zu sein.

Sie fuhr gedankenlos bis zum Marienplatz. Dort stieg sie aus und entschied sich, zu ihrer Wohnung in Au zu laufen.

Die Frage, womit sie die Zeit verbracht hatte, und wie sie zur U-Bahn-Station kam, verblasste zur Bedeutungslosigkeit.

Die Unsicherheit, die sie empfand, schien von einer dunklen Aura aufgesogen zu werden, als würden alle ihre Probleme darin verschwinden. Sie konnte dies nicht in Worte fassen, aber sie verspürte diese unendliche Leere, die sie entlastete. Das Gefühl grenzenloser Freude und Ruhe wurde ihr präsent.

Sie versuchte wahrzunehmen, wo sie sich befand. Sie schaute auf ihr Handy und überprüfte die verpassten Nachrichten. Eine SMS dort teilte mit, dass Gerold nach ihr suchte, und ein Paket, war zu ihr unterwegs. Die Tatsache, dass sie einen Gedankenriss erlebte, zwang sie darüber zu schweigen. In der Regel, Betroffene reagieren ebenfalls so. Der Angst, dass dies der Anfang vom Ende dem gesunden Menschenverstand sei, versetzt viele in Panik.

„Was habe ich denn bestellt?", fragte sie sich.

•

In der Altstadt in München sind einige nostalgische Gassen vorhanden, die der Zerstörung bei der Modernisierung der Stadt nach dem zweiten Weltkrieg entgehen konnten. Gerold saß in einem Ausschank neben der Heilig-Geist-Kirche in der Gasse gleichen Namens. An der Wand des Etablissements hingen alte Fotos von ihm mit Arbeitskollegen, und an seiner Seite präsentierte er Agnes wie eine Trophäe.

„Stolz war dein Feind, du Trottel", machte er sich Vorwürfe.

Er prüfte seine Nachrichten. Ein verpasster Anruf von seiner Muse ließ sein Herz für einen Moment höher schlagen.

„Hi, Agnes. Du hast angerufen. Ich sitze in der Heiliggeiststube. Willst du vorbeikommen?"

Sie zögerte einen spürbaren Moment, und Gerold wünschte sich, sie würde ihren Groll gegen ihn vergessen.

„Wenn ich in diese Spelunke gehe, muss ich meine Wäsche danach verbrennen", tadelte sie. Obwohl sie witzig klingen wollte, eine latenter Unruhe ließ vermuten, dass sie extrem nervös war.

„Sie rauchen hier nicht mehr. Der Laden ist neu, und noch dürfen wir raus. Du brauchst auch etwas Auszeit", versuchte er, mit altem Charme zu überzeugen.

„Vielleicht ein anderes Mal. Tut mir leid, dich belästigen zu müssen, aber ich mache mir Sorgen", brachte Agnes die Worte leicht verlegen über die Lippen.

„Soll ich vorbeikommen? Was ist denn los?" Gerolds Überraschung und Sorge waren echt und erinnerten Agnes an das alte Vertrauen.

„Ich sehe in meinem Kalender und weiß, dass ich bei dieser Fenja war. Ich hatte auch mit der Praxis telefoniert. Ich gab vor, ein Buch dort am Empfang vergessen zu haben, und sie bestätigte, dass ich dort war und sicher kein Buch dort vergessen hatte. Als ich wieder zur Besinnung kam, war ich in der U-Bahn in Milbertshofen. Ich weiß gar nicht, was ich da zu suchen hatte, und ich vergaß alles, was ich mit Fenja besprochen hatte. Bitte halte das Geheim für dich. Ich habe einen richtigen Filmriss. Ich wollte morgen zum Arzt gehen. Mein Kopf schmerzt, und mir ist übel. Ich sitze hier zu Hause, aber zum ersten Mal seit vielen Jahren habe ich Angst. Du darfst das im Studio nicht ausplaudern." Agnes Stimme klang entspannt dieses in Worte gefasst zu haben. Gerold kannte sie genug, um den Ernst der Situation zu erkennen.

„Ich fahre zu dir. Ich kann im Gästebett schlafen. Sag bitte nicht nein", bat Gerold.

„Aber komm nicht auf Gedanken", warnte sie und versuchte zum Lachen.

„Lass das. Ich erzähle dir über mein Gespräch mit Doktor Hille. Wurdest du dort bei der Heilerin behandelt?", fragte er.

„Nein, keine Ahnung. Ich wollte nur meine Fragen loswerden. Ich habe dafür bezahlt. Ich finde nicht mal meine Notizen. Scheinbar habe ich mein Tablet nicht benutzt. Was hat der Doktor wieder?" Agnes sprach etwas lamentierend, und Gerold zahlte sein Bier.

„Er meinte, dass eines der Opfer, die er untersuchte, Anzeichen von Willensmanipulation aufzeigte. Leider sind die Symptome ähnlich wie bei Drogenmissbrauch, und deshalb hat er an der Stelle nicht weitergeforscht." Gerold zog seinen Mantel auf dem Weg zum Taxi im Tal[4] an.

---

[4] Das Tal ist ein Teil der Salzstraße, die von Salzburg über München nach Lech in die Schweiz führt. Der Name kommt von ihrer etwas tieferen Lage.

„Ich denke, der Mann übertreibt. Diese Frauen sind zwar nicht ganz korrekt, aber er zieht seinen Kreuzzug gegen die Heiler und Heilpraktiker, wie zu einem Glaubenskrieg. Wenn er keine Beweise vorlegen kann, dürfen wir ihm ebenso wenig glauben, wie er von uns fordert, den Heilungsmethoden dieser Personen zu mißtrauen. Wir sollen objektiv bleiben." Agnes ließ sich nicht von Behauptungen lenken. Sie sprach nie ein leichtes Bedenken gegen Ärzte aus, aber Gerold war sich dessen bewusst.

Er nannte dem Fahrer die Adresse und setzte sich auf den geschützten Rücksitz.

„Ich bin gleich da."

●

Am kommende Morgen ging die Tür zum Studio auf, und Gerold kam stürmisch herein. Er war in Gedanken versunken und spazierte direkt zu Agnes Büro.

„Hey, Gerold. Wir wollen im August ausstrahlen. Schafft ihr, bis dahin etwas zu liefern?" Vardan steckte seinen Kopf durch den Türspalt.

„Wir kommen gut voran, und einige Interviews sind bereits fertig. Wir könnten sogar im Mai bereits senden. Ich muss dies mit Agnes abstimmen, aber wenn sie wieder da ist, kann sie anfangen, die Sendung zu besprechen." Er hob bei dem Gespräch mit Vardan nicht einmal seinen Kopf.

„Was ist mit dir los, Gerold? Die Produktion macht uns Druck. Ich kann nichts dafür", entschuldigte sich Vardan.

„Klar. Keine Sorge, ich bin nur beschäftigt. Ich muss einige Papiere für Agnes finden. Wir sprechen später", beendete er das Gespräch.

Vardan resignierte und ließ ihn allein, aber ein ungutes Gefühl warnte ihn, dass etwas nicht wie erwartet geschah.

„*Nichts*", überlegte Gerold.

Er schaute am Computer in Agnes Kalender und fand bestätigt, dass sie am Tag zuvor die Heilerin besuchte. Doch was weiter geschah, wurde nie aufgezeichnet.

●

Es war spät für ein Frühstück, aber zu früh für das Mittagessen, und Agnes Augen waren noch etwas trübe, um die Zeit auf der elektronischen Uhr erfassen zu können.

Ihr Kopf schien mit Watte gefüllt zu sein, und sie hoffte, sie sei in der Lage, ohne einen Anfall von Übelkeit einen Kaffee zu trinken.

Mit dem Vorhaben, aus dem Bett zu steigen, drehte sie sich um. Doch die Welt schien sich zweimal um ihren Kopf zu drehen, und sie warf sich dorthin zurück.

Gerolds Bett ließ er aufgeräumt und das Fenster wurde zum Lüften umgekippt.

„Das ist noch seltsamer, als mein Gesundheitszustand", erstaunte sie über sein Verhalten. Sie presste ihre Hand auf den Bauch und versuchte, sich zu erholen, bevor sie sich vornahm aufzustehen.

Nach einigen Sekunden stand sie auf und bewegte sich zur Küche. Ihr Handy zeigte, dass eine SMS auf ihre Antwort wartete.

„Was ist denn schon wieder?", monierte sie. Dabei bemerkte sie ihre irritierte Stimmung.

Obwohl die Sonne hell am Himmel stand, war ihre Wohnung für sie kalt und dunkel. Es schien, als hinge ein Schleier vor ihren Fenstern, der jegliche Helligkeit von außen blockte.

Sie wollte frische Luft reinlassen, aber ihre Hand zögerte. Dunstwasser lag auf dem Fensterrand, und draußen liefen zwei Frauen nebeneinander. Die Szene zog ihre Aufmerksamkeit eine Nuance zu viel und sie schüttelte ihr Kopf.

„Was ist mit mir los?", fragte sie sich.

Gerold informierte, dass er in ihrem Büro keine Notizen fand und bat um Rückruf.

Der Geruch, der sie seit dem Besuch bei Frau Kaschewski verfolgte, machte sich wieder bemerkbar. Diesmal begleitet von einer extremen Übelkeit.

Sie sah einen Schatten im Raum, doch war dieser undeutlich. Diese schien ihr seit einige Tage zu verfolgen und eine Mischung aus Angst und Neugier breitete sich aus.

Sie versuchte, rational zu sein und überlegte, was mit ihr nicht stimmte. Sie saß auf dem Küchenstuhl und beantwortete Gerolds Nachricht.

„Hi, übernimm du das Besprechen der Sendung. Ich muss mich eventuell ganz aus dem Projekt zurückziehen. Ich muss klären, was mit mir los ist", schrieb sie.

Der Schatten um sie wurde dichter und realer als zuvor, und Agnes hätte am liebsten geschrien, aber ihr Augen verdunkelten sich, bevor sie ihre Stimme finden konnte und sie schlief tief ein.

●

Im Studio stand Gerold fleißig an einem Flipchart und versuchte, die von ihm und Agnes ausgewertete Gedanken und Erkenntnisse einzuordnen, um die Sendungsablauf zu vollenden. Ein Assistent saß am Computer und trug eine enorme Gesichtsmaske, um sich vor Ansteckung zu schützen. Er schwieg über den voraussichtlichen Ausstieg von Agnes wie versprochen. Er strebte seinem Ziel entgegen und versuchte, seine privaten Sorgen zur Seite zu schieben.

Gerold prüfte die Aufnahmen für die Sendung, dabei griff er zum Interview mit dem Galeristen Marlon.

„*Interessantes Kerlchen*", bemerkte er in Gedanken.

Gerold rief die Datei mit den Ausschnitten auf und hörte den Dialog ab.

„Ich wünsche mir, dass die Personen, die meine Bilder kaufen, mehr als nur ein Bild mitnehmen, dass sie auch eine seelische Entlastung spüren. Die Welt ist voll von Problemen und Sorgen, die ich hoffe, mithilfe der Chromatherapie zumindest einen geringen Teil zu

lösen.“ Die Worte klangen ehrlich, und er gab den Anschein, davon überzeugt zu sein, dass seine Bilder etwas Positives bewirken könnten.

Gerold sprang weiter vor zu einer Stelle, wo er eine Frage stellte.

„Stört es Sie nicht, dass zwei Personen, die ihre Bilder besaßen, ihre Behandlungen bei Ärzten abbrachen und an Folgen der Vernachlässigung ihres Heilplans starben? Sehen sie da nicht einen Zusammenhang?“, fragte Gerold. Er erinnerte sich, taktvoll gehandelt zu haben, da er befürchtete, diese Konfrontation würde den Galeristen verletzen.

Er drehte sein Handy während, dem Interview wieder zu dem jungen Mann. Marlons Augen blitzten, als mache ihn die Aussage betroffen.

„Ich glaube an eine Heilung. Ich glaube an den Frieden.“ Er sprach, ohne sich an Gerold zu wenden. Es schien, als würde er im Geist wandern.

„Ist der finanzielle Benefit sekundär?“, provozierte Gerold im Interview.

„Die Heiler, die diese Personen zu mir senden, müssen auch von irgendetwas leben. Ich überfordere niemanden“, verteidigte sich Marlon.

„Soll ich seine Träumereien zusammenschneiden?",
fragte der Assistent.

„Ja, ich will nicht, dass er sich wie ein Verbrecher
vorkommt. Es gibt kein Gesetz gegen Naivität" Gerold
hatte diese Art Rücksicht in seiner Karriere meistens
nicht ausgeübt, aber etwas an Marlons Unschuld
hatte ihn berührt.

„Ich muss kurz eine Auszeit nehmen", entschuldigte
er sich.

Gerold empfand, als wäre Marlon von einem Nichts
erfasst und würde dort gefangen gehalten. Er sprach,
aber sein Geist war woanders.

„Ob er Drogen nimmt?", fragte sich Gerold.

„Ich brauche eine halbe Stunde", informierte der
Assistent, der im Raum blieb.

•

Kjell saß in exzentrischer Pose auf seinem Chefstuhl.
Man konnte annehmen, er würde auf dem Stuhl Yoga
treiben. Tinu versuchte Kompetenz zu mimen, aber
Vardan nahm ihr das kaum ab.

„Ich sage es dir, Agnes und Gerold haben eine super
Arbeit gemacht, und die Sendung wird ein Erfolg

werden. Es ist spannend, und die ungeklärten Selbstmordfälle sind klug platziert. Keine Sensationalismus und auch keine falsche Beschuldigungen", erläuterte Vardan.

„Andere schlecht zu machen hat nichts Kluges an sich. Was für Beweise haben sie schon? Die Aussagen von einem frustrierten Arzt, der Heiler und Heilpraktiker hasst. Ich denke, das ist zu einseitig. Ich würde gerne von der Kehrseite berichten." Tinu mied Vardans blick, während sie vorgab, etwas in ihren Notizen zu lesen.

„Kjell, bitte. Tinu hat weder Erfahrung noch den Verstand, sowas zu beurteilen. Sie kann unmöglich die Seundung, der eben zusammen geschnitten wurde, vor mir gesehen haben. Ich weiß, dass wir diese beiden Störenfriede gerne loswerden würden, aber deren Arbeit macht unser Programm einzigartig und dafür bezahlen uns die Produzenten." Vardan schaute nervös auf Kjells ausgebreitete Glieder über der Armlehne. „Und nimm bitte deine Beine runter wie jeder normale Mensch", brach es aus Vardan heraus.

„Was ist mit dir los? Meine Beine sind müde, und so entspanne ich am besten", verteidigte sich Kjell.

„Du bist aber sehr empfindlich", provozierte Tinu und lachte schallend.

„Warum sollen wir das Geld der Produzenten einer gut laufenden Sendung nehmen und es in die Ausbildung deiner Freundin investieren? Tinu, sogar für jemand wie dich ist eine solche Manipulation zu billig." Vardan war außer sich und konnte seinen Zorn kaum bändigen.

„Bitte, dramatisiere die Lage nicht. Ich sehe nur, dass unsere Senioren wieder einen Bericht wie zu deren Karriereanfang gestalten, und das Publikum hat das Recht auf etwas Besseres. Doktor Hille ist nur einer von vielen Ärzten, und andere Meinungen sollen auch gehört werden." Tinu wuchs in kurzer Zeit von einem naiven Mädchen zu einer gewieften Person, und das beunruhigte Vardan umso mehr.

„Habe ich sie unterschätzt?" Überlegte er.

„Ich entscheide dies, und ich bin der Ansicht, dass sie, ungeachtet meiner Zuneigung, einen guten Standpunkt vertritt. Warum sollte sie nicht, sagen wir, den zweiten Teil moderieren? Mit den Produzenten komme ich klar. Agnes und Gerold sind nicht die Studioleiter, und ich bin es leid, ständig auf deren Meinung achten zu müssen. Es bleibt, wie ich entschieden habe: Tinu macht eine zweite Sendung."

Kjell nahm seine Beine herunter und wendete seinen Blick von Vardan ab.

Er schätzte, dass er diesen Kampf nicht gewinnen würde und resignierte. Er verließ den Raum und schaute zu Tinu, die ihre Papiere anlächelte. Das Licht von Außen gab ihr eine ungewöhnliche Aura. Die Sonne drang nicht bis zu ihr, aber schien ihre Kontur zu berühren. Als würde Tinu in einer Blase leben.

Vardans fröstelte ohne Vorwarnung, und Angst schnürte ihm den Magen zu. Er wäre lieber aus dem leeren Studio weggerannt, aber er wollte nicht zugeben, dass er sich vor Tinus List gefürchtet hatte. Bevor er die Tür zu seinem Büro schloss, schaute er zu Kjells Raum und sah, wie Tinu aufstand und sich in Richtung zur Tür dahin bewegte. Sie schien von einem Schatten umgeben zu sein, als wäre sie nur eine Marionette, die von dunklen Fingern bedient wurde. Sie schloss die Tür zu und kein Licht blieb mehr im Raum.

Mich schuf die Kraft,

die sich durch

alles breitet,

Vardans zimtfarbene Haut wirkte matt und leblos. Tiefe dunkle Schatten umgaben seine Augen. Er saß an seinem Computer und sah, wie Gerold hereinspazierte.

„Leere Räume bieten keine emotionale Abwechslung,", beobachtete Gerold.

„Wenn du reinkommst, um dich über Agnes zu beschweren, oder weil die Welt ungerecht zu dir ist, hast du eine schlechte Zeit ausgesucht", warnte Vardan schamlos.

„Mann! Ist heute Wäschetag, oder warum so schlechte Laune?" Gerold versuchte, seinen unbekümmerten Humor einzusetzen, aber der schien auf Vardan weniger positiv zu wirken.

„Hast du gelesen, dass unsere Gelder fast zur Hälfte gestrichen wurden? Und Kjell erwartet von uns, eine Sendung zu machen. Ich weiß nicht mehr, von wo soll ich die Mittel her nehmen. Diese Tinu wird langsam lästig. Sie frägt zu viel, tut wenig und wie Kjell auf sie kam, möchte ich nicht mal denken. Den zweiten Teil eure Sendung wird nicht gemacht, weil Kjell will Tinus Sendung finanzieren. Ich muss auf Geld warten", brach es aus Vardan zum ersten Mal heraus. Er sagte nie etwas gegen andere Personen, was Gerold überraschte.

Tinus Ansprüchen wuchsen stetig. Dies fand er normal, da sie jung und zielstrebig war.

Er blieb einen Moment still und versuchte, sich klar zu werden, ob dies der richtige Augenblick war, um mit Vardan über Agnes Abwesenheit zu sprechen.

„Ich bespreche die Sendung zum Ende heute, so sind wir im Grunde fast fertig. Wir brauchen nur noch zehn bis fünfzehn Minuten Material, und dann ist alles sendebereit", berichtete Gerold.

„Mindestens etwas Positives an diesem beschissenen Tag. Dafür reicht das Geld noch. Wo ist Agnes?", raunzte Vardan.

„Komm runter Junge. Sie muss eine Auszeit nehmen. Sie wird sich bestimmt krank melden. Ich glaube, ihre Hormone spinnen im Moment. Sie hat mich gebeten, ihren Teil zu übernehmen. Was will Kjells Mäuschen überhaupt? Wir sind fast fertig." Gerold setzte sich Vardan gegenüber.

„Sie meinte, dass du und Agnes die Heiler und Heilpraktiker in ein negatives Licht stellen, und sie will einen kontroversen Beitrag anbieten, für die Zuschauer, die nicht auf einer Welle mit dir und Agnes sind. Die Idee an sich ist nicht schlecht, aber ihr Vorgehen ist hinterlistig und vergiftet unser

Betriebsklima. Sie intrigiert gegen dich, Agnes und jetzt auch gegen mich. Sie nervt, und sie hat offensichtlich bereits Kontakt mit der Produktion aufgenommen." Vardans Druck wurde Gerold klarer.

„Sie ist jung und ohne jegliche Begabung. Sie kann nur durch Intrigen groß werden, das ist nichts Neues. Insbesondere Personen ohne Begabung können nur durch Mobbing und Intrigen wachsen. Das sollte dir klar sein. Wir sollten unseren Plan fortsetzen und eine gute Sendung präsentieren. Die Zuschauerquoten werden auf unserer Seite sein. Danach kannst du bei der Produktion neues Geld beantragen, und hoffentlich Tinu rauszuwerfen." Gerold war sachlich mit seiner Strategie. Vardan lehnte sich in seinem Stuhl zurück und ließ die Luft aus seinen Lungen.

„Für mich wird der Druck langsam zu viel. Wir haben keine Mitarbeiter, diese Pandemie nimmt kein Ende, die Kosten steigen und die Sponsoren werden weniger. Bald muss ich Leute entlassen, obwohl derzeit mehr Zuschauer vor der Glotze sitzen als sonst, aber sie kaufen nicht ausreichend ein. Die Produzenten meinten, dass die Werbeeinnahmen fast um die Hälfte gefallen sind. Wenn das so weitergeht, bin ich der Erste, der hier entlassen wird." Vardans Klage klang wie ein Hilferuf.

„Wir haben solche Situationen bereits hier gehabt und in den letzten sechsunddreißig Jahren alle Krisen überlebt. Diese werden wir auch überleben. Du bist nur zu jung und lässt dich von der Situation mitreißen. Ich bin so lange hier, dass ich dieses Studio unter vier verschiedene Namen erlebt habe. Beruhige dich. Ich wollte nur, dass du weißt, dass Agnes einige Tage frei nehmen muss. Ich mache alles für die Sendung fertig und übernehme die Nachrichten. Einige Überstunden werden mir nicht schaden." Gerold wollte locker wirken, aber ein stechender Schmerz in seiner Brust unterbrach seinen Redefluss, und er zuckte zusammen.

„Was ist los? Geht es dir gut?", fragte Vardan.

„Ich habe nur meine Blutdruckpille vergessen und bin etwas gestresst heute. Ich muss schnell eine nehmen", verabschiedete sich Gerold.

Vardan blieb mit seiner besänftigten Wut allein im Raum. Langsam schritt er zur Küche.

•

Unzufrieden mit den Ausschnitten, ging Gerold durch das Material. Er monierte zu fast jede zweite Szene und befahl Korrekturen.

„Das ist plump und auf dem Niveau von Nachtsendungen, in denen sich Frauen für besondere Leistungen pro Minute anbieten. Kannst du keinen Filter benutzen?", schimpfte Gerold.

„Gut, verstanden. Ich überarbeite den Mist. Ich bin allein hier und kann keine zwanzig Stunden am Tag arbeiten. Ich habe noch eine Familie." Der Mitarbeiter stand auf und ging, während Gerold weiter in dem Material blätterte.

„Arschloch", monierte er kleinlaut.

Seine Verärgerung über das niedrige Niveau der Arbeiten des jungen Mitarbeiters wurde durch sein Handy unterbrochen.

Er las am Monitor, dass Marlons Galerie bereits das vierte Mal anrief.

„Hier ist Grün. Was kann ich für Sie tun?" Das war Gerolds Standard Spruch. Er mied, seinen Namen zu nennen oder andere Erkennungszeichen zu liefern.

„Hier ist Marlons Partner, Ted Garner." Er versuchte, den jungen Mann zu visualisieren, aber ihm war wenig von der Unterhaltung mit ihm in Erinnerung geblieben.

Gerold überlegte, warum Ted ihn anrief. Scheinbar wollte er sich etwas von der Seele reden. Eine Reaktion, die er in seiner Karriere selten erlebte. Normalerweise mieden die Personen einen Reporter oder waren übereifrig, eine Sensation zu verkünden.

„Garner? Wieder ein Fakename. Aber wer heißt noch Gerold heute zu Tage. Immerhin besser als Kevin", überlegte er.

„Was darf ich für Sie tun?", sagte er, ohne Teds Nachnamen weitere Beachtung zu schenken.

„Ich mache mir Gedanken über die Zusammenarbeit mit den Personen, mit denen wir zu tun haben. Ich unterhielt mich mit meinem Partner Marlon und war beunruhigt, dass er weiter in seine Traumwelt eintaucht und nach dem letzten Gespräch, dachte ich, dass ich auf ..." Ted hielt für einen Moment inne und schien verunsichert zu sein.

„Was meinen sie?" Gerold wusste aus Erfahrung, wenn er Druck machen würde, wären seine Freiwilligen in einer Sekunde weg.

„Wir leben in diesen Kreisen von Heilern in einer Illusion, und Marlons Therapeutin Fenja scheint ihn aus meiner Sicht kränker zu machen." Die Sorge in seiner Stimme war nicht vorgespielt, und er beabsichtigte nicht, im Vordergrund zu sein. Er suchte nach Hilfe.

„Wie denn?" Gerold wog in solchen Momenten seine Worte mit Bedacht, da jede unüberlegte Äußerung ein falsches Bild erzeugen könnte.

„Sie sollten wissen, dass sein Name ein Künstlername ist, aber er glaubt mittlerweile an die Kraft der Chromatherapie und wird immer mehr weltfremd. Ich wollte ihn seit Monaten diesbezüglich ansprechen, aber er meidet das Gespräch. Zum ersten Mal machte er den Ansatz, über die Realität nachzudenken und weniger von Träumen zu leben, nach ihrem Interview. Etwas an euren Gespräch hat ihn etwas schockiert, aber er könnte nicht in Worte fassen. Unser Geschäft läuft, aber auch ihm wird klar, dass Menschen, die ihre ärztlichen Behandlungen abbrechen und sich auf die Kraft der Farben verlassen, kaum Heilung finden. Er wird depressiver, weil er die Wahrheit erkannt hat, dass einige dieser Personen einfach wegen das Absetzen der ärztliche Behandlung gestorben sind. Ich dachte, dass Sie in ihrer Reportage auch dies ansprechen sollten, manche Heiler wollen wirklich helfen. Marlon muss selbst aus dieser Situation rauskommen, aber bitte berichten sie nicht, dass seine Bilder Heilungskräfte haben, denn wenn weitere Personen, die seine Bilder kaufen, sterben, wird er noch depressiver." Es klang vernünftiger als erwartet.

„Ted? Darf ich dich Ted nennen?" Gerold wollte nur Zeit gewinnen, um die Informationen zusammenzufassen.

„Klar. Bitte verstehen Sie mich richtig. Ich will nur meinen Partner vor noch mehr Probleme bewahren", erklärte Ted.

„Ich danke, dass du angerufen hast. Ich war etwas unsicher, wie ich das in unsere Sendung präsentieren sollte. Ich muss einen Teil des Beitrags benutzen, aber ich werde vermeiden, zu sehr in die Chromatherapie einzusteigen. Ich denke, ich verstehe, was du meinst, das sollte kein Problem sein." Gerold verstand nun besser, was ihm an den Ausschnitten des Interviews nicht gefiel.

Er bekam mit, dass Marlon sich in einer Therapie befand.

„Bei wem wird er derzeit therapiert? Ich werde das nicht erwähnen, aber ich hätte Interesse an der Information."

„Fenja, die Heilerin. Sie ist sehr einflussreich in der Branche und für viele eine Ikone, aber ich bin unsicher hinsichtlich ihrer Methoden." Ted zögerte kaum.

„Was weißt du über ihre Methoden?"

„Nichts. Sie lässt keinen wissen, was sie in ihren Behandlungen macht, aber jeder weiß, dass keiner, der zu ihr geht, dort unzufrieden herauskommt. Ich erkenne meinem Partner manchmal auch nicht. Er bekommt wie ein Filmriß und benimmt sich seltsam. Aber das ist nichts greifbares, es ist eher ein Gefühl, oder mein Beschützerinstinkt."

„Das klingt nicht ganz negativ", konterte Gerold.

„Sofern man nicht berücksichtigt, dass mehrere Klienten von Fenja bereits an Vernachlässigung starben. Ich will sie nicht unbegründet beschuldigen, aber es waren zu viele Fälle, und ich will nicht, dass Marlon auch einer davon wird."

Dies bestätigte Gerolds wie auch Doktor Hilles Vermutungen über manche Heiler.

„Mach dir keine Sorgen. Ich werde diskret mit diesen Informationen umgehen", schwor Gerold.

Sie sprachen weiter über andere Unzulänglichkeiten, die für ihn nicht von Belang waren, aber er merkte sich die Andeutungen.

„Keiner kam je unzufrieden von ihrer Behandlung", erinnerte sich Gerold und dachte an Agnes Zustand.

•

Die roten Zahlen auf dem Wecker zeigten drei Uhr zwanzig in der Nacht, und Agnes Herz schien bis in ihre Ohren zu pumpen.

Sie stand auf, lief zum Bad und suchte nach einem Medikament, um ihre Aufregung zu mindern, aber trotz der zahlreichen Boxen mit Arznei fand sie nichts, was ihr in ihrem Zustand helfen konnte.

„Ich habe meine Menopause längst hinter mir", wunderte sie sich.

Ihre Hände zitterten unter dem Stress der Moment, was ein Spiraleffekt auslöste. Als sie wegen ihrer Aufregung nichts mehr suchen konnte, lief sie zur Küche und holte eine Flasche Wein aus dem Regal, öffnete sie schnell und schenkte sich ein.

Eine Verwirrung wie am Tag zuvor überkam sie. Es war wie ein Déjà-vu. Sie schaute wieder auf ihre Hände und stellte fest, dass diese zitterten. Ein weiteres Symptom war eine dunkle Aura um ihr Sichtfeld.

„Ich muss zum Doktor", urteilte sie.

Sie versuchte, sich mit dem dritten Weinglas zu beruhigen, und der schnellen Rausch ließ sie zum Bett torkeln.

Die Ziffern auf ihrer Uhr waren intensiv, und sogar mit geschlossenen Augen schienen diese, sie zu behelligen.

Sie drehte die Zahlen zur anderen Seite, damit das Licht sie nicht wieder störe.

Ihr Herz pumpte aufdringlich.

Sie überlegte, warum sie so überreizt sein könnte. Dies war nicht normal.

„Gerold hat mich gestern bestimmt aufgeregt."

Wieder spürte sie ihren Herzschlag bis zum Kinn.

Sie öffnete die Augen und sah nur die Dunkelheit, aber in dieser Finsternis schien etwas Dunkles sich ihr zu nähern.

Sie drehte sich im Bett und wurde von schwerer Müdigkeit übermannt.

„Ich muss schlafen. Das geht danach vorbei", sagte sie sich.

Ihr Herzschlag stieg weiter in ihren Schlummer und drückte auf ihre Augen.

Die Dunkelheit, die sie zuvor meinte, gespürt zu haben, nahm Gestalt an und schien sich zu einer Silhouette zu formen. Sie roch einem Aroma in der Luft, welche sie zwar überzeugt war, das es nicht da war, aber sie erinnerte sich an der Duft blühende Akazien.

„Denke nur an das Positive im Leben. Du bist zufrieden und willst keinen Stress mehr. Alles, was dich belastet, wird aus deinen Erinnerungen verbannt mit Akazien und Lavendel", erinnerte sich Agnes, gehört zu haben.

Sie wollte sich umdrehen und ihren Blick von dieser Silhouette abwenden, aber sie konnte es nicht. Sie verlor die Kraft und merkte, dass der Schlaf sie übermannen wollte.

Es war wie in einem Traum. Nichts folgte eine Logik für sie.

„Es machte keinen Sinn. Akazien und Lavendel blühen in verschiedene Jahreszeiten." Sprach sie zu sich.

Dagegen zu kämpfen, schien nutzlos zu sein. Jeder Muskel gab schlaff nach und weigerte sich, ihren Befehlen zu gehorchen.

Der Herzschlag wurde stärker. Sie spürte ihn im ganzen Körper, aber gleichzeitig wurde sie schwächer.

„Ich bin betrunken."

Die Augen der Silhouette wurden konkreter und waren dunkler als der Rest der Figur. Schreien wäre sinnlos, da ihr jegliche Kraft fällte. Sie sah ihre eigene Konturen darin.

„Gerold", wollte sie sagen, aber ihre Lippen fühlten sich fremd an und ignorierten ihren Wunsch.

Nun schwebte das Dunkel, das sich vor ihr formte, in ihre Richtung. Sie tat ihr Möglichstes, um die Augen zu schließen, und merkte, dass diese bereits geschlossen waren.

Sie wurde in einen Schlaf gezogen, wo nur die Dunkelheit sie umgab. Ein einziger Gedanke war ihr klar: aus diesem Traum zu entkommen.

•

Es war beinah zwölf, als die Türklingel grell tönte. Sie wurde zweimal ignoriert, dann folgte ein Rufton des Handys. Übermüde öffnete Agnes die Augen und versuchte erst, den Raum zu identifizieren. Seit ihrem Filmriss war sie verunsichert, ob sowas wieder passieren könnte. Das Handy machte eine kurze Pause und tanzte mit der Vibration auf ihrem Schminktisch.

„Der gibt nicht auf", bemerkte sie, während sie sich aus dem Bett hievte. Den billigen Wein hinterließ Spuren und ihr Magen und Kopf wehrten sich.

Unterwegs zum Telefon sah sie auf den Wecker, der zur Wand gedreht war, dass sie zwei Stunden zu spät war. Sie rannte schuldbewusst zum Apparat, und kurz nachdem sie die Anruferidentität überprüft hatte, antwortete sie.

„Gerold. Danke, dass du dich meldest. Ich habe verschlafen. Ich muss zum Doktor. So viel schlafe ich nie", entschuldigte sie sich.

„Ich bin an der Tür. Ich weiß, dass du zu Hause bist." Gerold simulierte eine lausige Laune.

„Tut mir so leid. Ich schlief durch. Komm hoch." Sie drückte den Türöffner, rannte zur Garderobe und machte sich blitzartig zurecht.

Als sie hörte, wie Gerold durch die Tür hereinkam, rannte sie zum Bad.

„Bereite das Frühstück in der Küche. Ich bin gleich da", entschuldigte sie sich und nahm den Entschluss, ohne eine Aspirin den Unwohl zu überstehen.

Trotz ihrer verspielten Art war sie immer noch etwas benommen von dem Einschlaferlebnis mitten in der Nacht. Der Albtraum, der folgte, war monoton und ohne Zusammenhänge, aber saß ihr in ihre Erinnerung fest. Sie konnte nicht beurteilen, ob sie dies alles geträumt oder nur fantasiert habe. Eins war sie sich sicher: Sie musste etwas essen.

Erfrischt und mit einer Haarbürste in der Hand, kämmte sie die Haare auf dem Weg zum Küchentisch, wo Gerold bereits einiges ausgebreitet hatte.

„Warst du gestern Abend aus?", fragte er und zeigte mit dem Finger auf die geöffnete Weinflasche, während die Espressomaschine ihren Takt brummte.

„Du musst mehr Wasser hineingeben. Schmeiß den Rest der Flasche in die Spüle. Das Klo wurde das zurück würgen. Scheußliches Zeug. Ich und Partys, bitte. Ich konnte die Nacht nicht richtig schlafen. Dazu bekam ich Albträume und Gedanken drehten sich in meinem Hirn herum. Keine nette Nacht. Wie hat Vardan meine Abwesenheit aufgenommen?" Sie nahm die Tasse aus der Maschine und schob Gerold zum Sitzplatz, da sie befürchtete, er würde ihr Gerät kaputtmachen.

„Ich nahm an, dass du Albträume haben würdest, nachdem du mir über ... dein Erlebnis erzähltest. Sowas bleibt einige Tage. Du hättest mich anrufen können. Der Junge hat es kommentarlos hingenommen. Aber er ist sehr ungehalten. Zwischen ihm und Kjell Scheint es zu kochen. Klar, das Mäuschen wird zu Löwin." Gerold liebte zu tratschen und gerne setzte er etwas mehr Farbe in seine Berichte, als der grauen Wahrheit entsprach.

„Als ich bei der Bäckerei war, hatte ich die Maske vergessen und musste wieder nach Hause gehen. Ich dachte, du wärst bereits wach und am warten. Als du nicht ans Telefon gingst, war ich recht froh. Hast du das mit Celina mitbekommen?" Agnes verstand Gerolds Tratschton.

„Erzähl."

„Sie wurde von einer aufgebrachten Corona-Leugnerin angegriffen. Steht in der Zeitung." Er breitete das Boulevardblatt vor Agnes aus und tippte mit dem Finger auf die Notiz.

„Heftig, heftig. Angeblich hat Celina gemeint, dass die Frau eine Maske aufsetzen solle. In einer Heilpraktikerpraxis wimmelt es nur von potenziellen Krankheiten. Das kann man nicht akzeptieren. Nun, die Frau wurde verhaftet. Jetzt will ich sehen, wie sie ihr Recht auf Maskenfreiheit im Knast vertritt. Stopp! Bitte frittiere keine Eier. Mir ist immer noch übel." Agnes stoppte Gerolds Kochkünste und las weiter die Zeitung.

„In der Stadt ist keine Seele, und in den Geschäften haben nur ein paar Arbeitslose die Waren herumschauen. Höchstwahrscheinlich, weil sie kein Geld haben, Strom und Heizung für zu Hause zu bezahlen." Gerold servierte ihr einen Toast.

„Überdramatisiere die Lage nicht. Nich alle, die in der Stadt herumlaufen sind arbeitslos. Wir halten einige Wochen noch aus. Diese Pandemie erschreckt mich. Wie weit ist das Projekt?"

„Doktor Hille kommt für vier Minuten Aufnahme ins Studio, und dann habe ich eine Sitzung mit Kjell und Vardan. Sie wollen bestimmt einen Lagebericht. Aber unsere Sendung ist fast fertig. Ich bekam einen Anruf vom Partner des Galeristen", berichtete, Gerold.

„Ach ja, der Name seine Bilder kommen aus einer Sci-Fi-Serie der Siebziger. Keine erwähnenswerte Serie.

178

Sie wurde vor Ende der ersten Staffel abgesetzt. Ich kann mich nicht mehr daran erinnern." Sie biss in den Toast und verzog die Nase.

„Du musst etwas essen. Ach ja? Danke für deine Recherche. Ted ist der Partner, und er nennt sich Garner. Woher kennen wir das, oder?" Agnes rollte die Augen und lachte.

„Was wollte er?"

„Er ist besorgt, dass diese Heilerin Fenja seinen Partner irgendwie mit Fantasien begeistert und ihn von der Realität fernhält. Er scheint an diese Chromadings nicht zu glauben. Aber offensichtlich liebt er seinen Mann sehr und will ihn beschützen." Gerold tippte auf den Toast und ermunterte sie zum Essen.

„Ich bin mir immer noch nicht klar, wie ich dort in der U-Bahn hinkam. Doch ich bekomme sporadisch Erinnerungen an meine Sitzung mit Fenja. Aber ich bekomme etwas Angst vor dieser Frau. Ich kann mich nicht einmal erinnern, mit ihr gesprochen zu haben, und seitdem ich den Menschen aus diesem Milieu begegne, kommen seltsame Sachen vor. Ich muss eine Pause einlegen und mich etwas distanzieren. Ich habe einen Antrag auf einen zweimonatigen eingereicht. Dann ist auch der alte Urlaub weg. Soll

die Maus von Kjell das Programm übernehmen."
Agnes schien sich etwas zu entspannen.

„Ich hoffe, du hast nichts Ernstes. Ich hatte dich erst bei Vardan als krank angekündigt." Gerolds Sorge verriet ihr, dass er weiterhin mehr für sie empfand, als sie erahnte. Sie wollte aber nicht in diese Beziehung investieren.

„Ich bin sicher, dass es nichts Ernstes ist. Ich brauche nur eine Pause. Diese Frau Kaschewski war unheimlich. Die Gerüche in ihrer Wohnung begleiten mich immer noch." Sie schaute durch das Küchenfenster zum Park, jedoch ihre Augen sahen nur die Leere und einen blühenden Akazienbaum vor sich. Ein Vakuum, das kein Licht durchdringen könnte, aber ihr Leben immer mehr aufsog.

•

Mit den ersten Lockerungen der Pandemievorkehrungen kamen weitere Mitarbeiter zum Sender zurück und das lange erwartete kreatives Team. Vardan lächelte alle freundlich an und Masken mit Studio-Logos wurden verteilt.

Die Wohnung, wo Semper-TV installiert war, war recht klein, und nur vier grüne Leinwände belegten den zentralen Raum. Im Set waren leicht handhabbare Kameras eingesetzt und die sechs Redaktionsstellen besetzt.

„Es ist noch kein Weihnachten. Was machen diese ganzen Leute hier?", fragte Gerold Vardan.

„Wir haben scheinbar einen Beschluss zu einem Ersatzoktoberfest. Wir wollen zwei Sendungen über die Geschichte des Oktoberfests und eine über Brauereien und die Pest produzieren, daher muss deine Sendung bereits im Mai gesendet werden. Die weiteren Sendungen können wir ohne Personal nicht machen." Vardan war immer noch etwas nervös mit dem Wagnis, und dieser Aufruf an die Mitarbeiter war zweifellos eine Überforderung des Studios-Budgets, aber er wollte Aussichten für eine Zukunft in seinem Job nicht verpassen.

„Ist Doktor Hille bereits da?", fragte Gerold.

„Ja. Er ist in der Schminke. Er glänzt wie eine Billardkugel. Wir müssen etwas machen, weil sonst bekommen unsere Digitalaufnahmen Lichtgeister um ihn herum." Diese Art der Probleme mit Lichtern kannte Gerold und wusste, dass dies eher an der niedrigen Qualität der Kameras lag, aber er ließ es diplomatisch unerwähnt.

„Ich ziehe mich um, und wir können loslegen", rief Gerold, doch keinen im Studio schien diese Information zu interessieren.

Kurze Zeit danach saß er vor einer Leinwand, und der Studio-Direktor gab Anweisungen an den Graphiker, der sich um die Animationen und Einblendungen kümmerte.

„Danke, dass sie gekommen sind. Heute ist alles etwas chaotisch hier, aber Sie müssen nur einige Fragen vor der Kamera beantworten, und dann ist alles fertig. Frau Mohr ist erkrankt, daher kann sie heute nicht dabei sein, aber ich werde versuchen, so charmant wie sie zu sein." Gerold überprüfte sein Mikrophon.

Unbeeindruckt schaute Doktor Hille auf die Lichter vor sich und verfolgte das Ballett der Assistenten, die sich uneins über die Einstellungen waren.

„Es sind aber viele Mitarbeiter hier", bemerkte Doktor Hille.

„Wegen des kommenden Ersatzoktoberfests haben wir eine Krisensitzung. Sie sind nicht wegen unserem Interview hier. Solange meine Kollegen sich vorbereiten, darf ich eine private Frage stellen?" Gerold lächelte.

„Sicher. Wo tut es weh?"

„Eine Freundin hat einen Blackout gehabt. Plötzlich saß sie an einer U-Bahn-Station und wusste nicht, wie sie dort hingekommen war. Die Stunden davor hatte sie vergessen, und sie klagt über Übelkeit. Denken Sie, dass dies etwas Ernstes sein kann?" Gerold war besorgt, und Doktor Hille verstand, dass diese Sorge sich im Privatbereich verankert sein musste.

Für ihn war klar, dass es sich hier höchstwahrscheinlich um Agnes Mohr handeln würde.

„Ich würde ihr empfehlen, zum Neurologen zu gehen. Das kann zwar passieren, doch dies scheint etwas zu sein, das man vorsorglich untersuchen sollte. Es könnte aber auch nur Stress sein." Gerold mochte nie die Antworten von Ärzten, weil diese selten konkret waren und meistens immer Pros und Kontras in den Raum setzten, sodass man am Ende nicht einmal verstand, was man gefragt hatte.

„Gerold. In zwei Minute", schrie ein Assistent der Direktion in Richtung der Männer.

„Wir sind klar und schmelzen vor den Lichtern", witzelte Gerold.

„In drei, zwei, los."

•

Sitzungen in großen Besprechungsräumen belegen fast ein Viertel der Arbeitszeit von manchen Fachkräften. Im Management steigt die Zeit um das Doppelte. Kjell hatte die Diskussionsrunden satt, und dies ließ sich an seinem Gesicht problemlos ablesen.

Während der Corona-Zeit entdeckten alle Manager die virtuelle Welt und spielten wie Kindern mit dem neuen Spielzeug, das bis dahin nur für Nerds der Computer-Abteilung reserviert war.

Sechs große Monitore wurden wie eine überdimensionale Leinwand an der hinteren Wand des Raums installiert. Nachdem man festgestellt hatte, dass die Sonne alles bis um zwei Uhr nachmittags blendete, mussten Jalousien nachinstalliert werden.

In der virtuellen Sitzung nahmen acht Personen aus verschiedenen Privaträumen teil. Kjell saß dem müde gegenüber und stellte fest, dass er und Vardan die Einzigen waren, die von einem Arbeitsplatz aus sprachen.

„Heute wird alles zusammengeschnitten, wir sind noch im Budget geblieben. Ich sehe auch, dass wir mit dem restlichen Guthaben mehr Werbung schalten und so die Zuschauerquote erhöhen können, was uns erlaubt, mehr für unsere verkauften Werbeeinblendungen zu verlangen." Die erwartete Reaktion und Jubel ließ auf sich warten. Das peinliche Hüsteln und abschweifende Blicke auf dem Monitor, die nach alten E-Mails suchten, belegten die unbequeme Leere. Vardan ließ unbeabsichtigt sein Tablet fallen und bückte sich, um es aufzuheben. Er entschuldigte er sich bei den anderen Teilnehmern. Weil alle Aufmerksamkeit nun auf ihn gerichtet war, fühlte er sich genötigt etwas zu sagen.

„Gerold meinte, dass wir die Recherchen noch vertiefen sollten. Dafür hätten wir dann so viel Material, dass wir eine Serie aus drei Sendungen daraus machen könnten. In einer Woche sind wir damit und der Werbeplan fertig und können senden. Wenn sie unseren Antrag genehmigen, können wir bereits mit der Folgesendung anfangen. Noch haben wir kein Impfmittel gegen diese Krankheit, aber wir sind zuversichtlich, dass es viele Gegner haben wird. Wenn wir vorbereitet sind, können wir eine kontroverse Sendung über Impfgefahren bringen." Kjell gab Vardan ein Zeichen aufzuhören, was von den anderen Teilnehmern nicht bemerkt wurde.

Nach einer weiteren Verlegenheitspause verlor Kjell die Haltung.

„Was geht denn hier vor? Es wäre mindestens mit einem Danke zu rechnen. Haben wir irgendetwas nicht nach Erwartung erfüllt? Sie haben investiert, und wir haben geliefert. Schweigen wird uns nicht helfen besser zu arbeiten. Wir arbeiten seit Langem zusammen, ich möchte um etwas mehr Offenheit bitten, damit ich entsprechend reagieren kann." Seine Worte klangen leicht verzweifelt, und seine Stimme war einen Tick zu hoch.

„*Wie peinlich*", bemerkte Vardan.

„Danke, Kjell. Von meiner Seite aus bedanke ich mich für die neue Produktion. Gute Leistung", bedankte sich eine ältere blondierte Dame in der linken oberen Ecke auf dem Monitor und verabschiedete sich mit einem Smiley.

„Wir sind alle mit den Ergebnissen zufrieden. Die neue Sendung wird noch intern diskutiert, und ich bitte im Namen meiner Kollegen um etwas Zeit. Tolle Arbeit. Danke", bedankte sich der Jüngere in der Mitte des Monitors. Drei Weitere schalteten einfach ab.

„Tut mir leid, Kjell. Wir sind etwas über den geplanten Zeitrahmen hinaus und viele haben anschließende Termine. Ich finde die Ergebnisse für dieses Projekt erfreulich, und das werde ich auch bei meinen Kollegen vertreten. Ciao!", empfahl sich eine freundliche Managerin.

„Stimmt. Ich bedanke mich bei allen für Ihre Teilnahme. Die Aufzeichnung gilt als Protokoll und wird ins Netz gestellt. Auf Wiedersehen", verabschiedete sich Kjell und beendete dem Meeting.

„Verstehst du, was momentan da läuft?", fragte er seinem Kollegen Vardan.

„Sie sind mit uns fertig. Ich weiß nicht, was für Gerüchte da zirkulieren, aber jemand hat über unsere Aktivitäten dort berichtet, und wer weiß wie. Rede mit Agnes. Sie hat dort viele Freunde. Gerold auch. Sicher ist, dass sie uns kein Geld mehr geben werden. Ich hoffe nur, dass sie weder die Nachrichten noch diese Sendung vom Programm streichen. Weil dann sind wir arbeitslos." Vardan war sich sicher, dass ein Teil der Wahrheit noch aufgedeckt werden musste.

„Gerold und Agnes sind die Einzigen mit Verbindungen zu diesen alten Säcken, ich kann mir nicht vorstellen, dass sie dort etwas gegen uns gesagt haben, oder?" Kjell war wirklich verzweifelt. Zum ersten Mal saß er wie ein kleiner Junge vor Vardan und hielt seine Beine unter dem Tisch zusammen.

„Ob Gerolds Hinweis, dass das Thema noch mehr recherchiert werden soll, von Relevanz ist?" Vardan suchte nach Möglichkeiten.

„Rede mit ihm. Eventuell kann er ein gutes Wort für uns dort einlegen", flehte Kjell.

„Sonst noch etwas?", fragte Vardan mit einer bis dahin unbekannten professionellen Distanz.

„Lass mich allein."

●

Gerold durchsuchte die Namen am Eingang des Bürocenters und fand das Zentrum des goldenen Lichts. Schwarzer Granit an den Wänden entschuldigte die armselige Architektur und gab dem Glaskasten einen Hauch von Eleganz.

„In fünfzig Jahren ist das Gebäude nur Staub und Asche", urteilte Gerold.

Drei Aufzüge im Flur folgten der gleichen Eintönigkeit der anderen Elemente in der Konstruktion, die weder Charakter noch Originalität zeigte. Dieses Gebäude war nur ein weiteres in einer Serie von Zweckbauten in München.

Gerold erreichte den dritten Stock. Beim Aussteigen stand er vor einem langen Tresen mit einem lächelnden Fräulein mit asiatischen Zügen dahinter.

„Sie sind bestimmt Frau Misuke", begrüßte Gerold sie.

Sie kokettierte und bewegte sich zur Mitte des Tresens.

„Sie sind die zweite Berühmtheit unter unseren Gästen." Sie legte beim Lächeln zart ihre Hand vor die runden Lippen.

„Agnes hat nur Gutes über ihr Center gesprochen", fantasierte Gerold.

„Sie war mit ihrer Sitzung sehr zufrieden", lächelte sie wieder. Es klang diesmal etwas aufgesetzt. Er nahm an, es läge am Beruf.

„Es freut mich, dass Fenja für mich Zeit hat. Hat sie keinen Nachnamen? Das ist in Deutschland ungewöhnlich." Gerold fühlte sich etwas unbehaglich und versuchte, dies mit Small-Talk zu überbrücken.

„Ich glaube, das ist in der Branche so üblich. Wir nennen uns nur beim Vornamen." Sie wich der Frage gekonnt aus.

„Es ist nicht viel los im Moment, nicht wahr?" Gerold schaute in alle Richtungen, und nur er und seine Gesprächspartnerin belegten den Empfangsraum, der fast so groß wie seine Wohnung war.

„Entspannen Sie sich. Es ist Ihre Behandlungsstunde. Es müssen nicht mehr Personen da sein. Das ist keine Gruppentherapie. Nehmen sie kurz Platz. Fenja und ihr Therapieraum sind in Kürze fertig." Misuke war graziös und professionell, aber entsprechend distanziert.

Wieder verspürte er Herzstechen, was ihm fast das Bewusstsein nahm. Er eilte zum Warteraum, wo zwei große komfortable Sessel standen. Auf einem Glastisch lagen eine Wasserkanne und makellose Gläser.

„Das Bürocenter ist bestimmt sein Geld wert", stellte er fest, während er seine Pillen aus der Tasche holte.

Er beruhigte sich und ging in Gedanken die Fragen durch, die er stellen wollte.

Eine SMS brummte auf seinem Handy.

„Die Produzenten haben nichts Negatives gesagt, aber auch nichts sonst. Bist du heute im Studio?", fragte Vardan in der SMS.

Gerold sendete ein „Daumen hoch" zurück und lies die gestellte Frage so offen.

Nichts in diesem Raum schien einen Bezug zur Realität zu haben. Es war alle inszeniert, steril und geräuschlos. Gerold fühlte sich unwohl.

Die Tür ging auf und Misuke zeigte wortlos die Richtung, wo er hingehen sollte.

Obwohl die Sonne den Raum erfüllte, schien darin weder Wärme noch Licht zu existieren.

Gerold presste diskret die Tonaufnahme seines Handys und lies wie sonst in Interviews laufen.

Die erste Liebe

und das

höchste Wissen.

Gerold sortierte seine Notizen für die Nachrichtensendung. Kjell kam an ihm vorbei. Anstatt wie sonst seine Schultern herablassend hervorzupressen und ihn demonstrativ zu ignorieren, blieb er stehen und schaute ihm zu. Er trug anders den sonst nur Pastelltöne und eine graue Krawatte, die vermuten ließ, dass seiner Mutter in bester Absicht ihn mal geschenkt hätte.

„Bist du beschäftigt?", fragte Kjell.

„Ich ordne die Nachrichten mit dem Regieablauf. Aber ich habe noch etwas Zeit. Wieso?" Gerold hob seine Augenbrauen und prüfte weiter seine Notizen.

„Ich wollte einen Kaffee nehmen. Würdest du mich begleiten?", fragte Kjell.

„Höflich? Kaffee? Der spinnt oder wird morgen sterben", bemerkte Gerold.

Kjells Schritte waren für gewöhnlich breit und entschlossen, an diesem Tag lief er moderat und fast schüchtern, konnte man behaupten.

„Wir haben uns in der letzte Zeit nicht mehr unterhalten. Du weißt, dieser Stress mit der Pandemie." Kjell betätigte den Espressoautomat, und wie immer kamen ohrenbetäubende Geräusche aus der Höllenmaschine.

„Wo drückt's", fragte Gerold. Dabei holte er seine Pillen und schaute auf seine Uhr.

„Wir hatten eine Sitzung mit den Produzenten. Sie scheinen nicht ganz zufrieden zu sein. Wohlgemerkt, das hat nichts mit dir zu tun. Ich glaube, sie haben irgendein Problem mit meiner Arbeit hier. Anders kann ich mir das nicht erklären. Wir haben eure Sendung vorgestellt, haben insbesondere klar gemacht, dass wir unter dem geplanten Budget liegen, und dass mehr Werbeeinnahmen möglich sind. Jedoch die Reaktionen waren ... komisch." Kjell glich einem Kind, das vor einem Rätsel steht. Seinen Bart war zerzaust und er räusperte sich zu viel.

„So kann es leider auch laufen. Wir stecken nicht in deren Köpfen, und sie geben nun mal das Geld, wir geben es nur aus. Sprich mit deren Vorstand." Gerold hatte andere Sorgen und überwachte sein Handy auf Nachricht von ihr.

„Du und Agnes, ihr habt auch Freunde dort. Kannst du dich dort nicht inoffiziell mal umhören? Es würde uns allen helfen." Kjell übergab ihm die erste Kaffeetasse, was absolut nicht seine Art war.

„Das kling aber ernst", verstand Gerold.

„Sicher. Aber die Mehrheit des Germiums besteht nicht mehr aus Personen unserer Generation. Ich tue, was ich kann. Kein Problem."

„Was ist mit Agnes los?", fragte Kjell und nahm sich die zweite Tasse von der Maschine.

„Ihr geht es gut. Sie ist nur etwas überarbeitet, denke ich. Sie hat sich entschieden, einige Tage frei zu nehmen, und mit so vielen Mitarbeitern in Kurzarbeit, denke ich, sollte dies kein Problem sein, oder?", argumentierte Gerold.

„Ist irgendetwas zwischen dir und Agnes? Ich hoffe, dass es keinen Streit zwischen euch gibt, wovon ich nichts weiß", log Kjell.

„Junge. Agnes und ich waren ein Paar. Wegen meiner Dummheit ist unsere Beziehung in die Brüche gegangen, aber sie ist immer noch die wichtigste Person in meinem Leben. Und ich kaufe dir nicht ab, dass du nicht wusstest, dass sie vermeidet, mit mir zusammenzuarbeiten. Aber jetzt weißt du Bescheid. Aber lüg mich nie wieder an. Wie du siehst, kannst du auch mal meine Hilfe gebrauchen. Bitte entschuldige mich. Ich muss etwas erledigen", verabschiedete sich Gerold.

„Scheiße", fluchte Kjell.

•

Vardan lief immer schnell. Mit ihm zu sprechen, war manchmal eine Herausforderung, da er sich ständig von einem Raum zum nächsten bewegte.

Eine Kollegin, die extra an dem Tag ins Studio kam, versuchte, einen Empfang für die Interviewgäste der neuen Sendung zu organisieren.

Sie lief an Vardans Seite, um eine Unterschrift zu holen.

Kjell war etwas ratlos und an diesem Tag kaum eine Hilfe. Dies irritierte Vardan ebenfalls.

„Kollege, geh bitte in dein Büro, weil wir heute zu viele Termine haben, und du stehst im Weg." Aufgereizt wie Vardan war, entschied Kjell, seinem Vorschlag zu folgen und spazierte aus dem zentralen Raum des Studios raus.

Er setzte sich an den Schreibtisch und durchsuchte die E-Mails. Wie erwartet, wurde er zur Produktionsleitung gebeten. Ein Druck in seinem Bauch ließ ihn erkennen, dass von dieser über freundliche formulierte Einladung nichts Gutes zu erwarten wäre.

„Tut mir leid, dass ich dich verscheucht habe. Ich habe die Interviewgäste bald hier. Agnes kommt nicht, Gerold ist mit den Nachrichten beschäftigt, und Tinu beantwortet meine Anrufe nicht. Wenn das so weitergeht, hole ich mir noch zwei aus der Kurzarbeit wieder rein. Das Kreativ-Team ist auch mit ein Meeting beschäftigt und die Leiterin will nicht gestört werden", sagte Vardan etwas gelassener als zuvor.

„Was? Tinu hat dir auch nicht geantwortet?", wunderte sich Kjell.

„Egal. Sie würde sich nur mit Gerold streiten und mich nerven. Ohne Agnes bleibt zu viel bei mir hängen." Vardan warf sich auf einen Stuhl an Kjells Tisch.

„Du hast mir nicht erzählt, dass Gerold und Agnes ein Paar waren."

„Ist das wichtig?" Vardan mied das Getratsche.

„Vielleicht nicht. Keine Ahnung. Ich wurde gebeten, zu einer Sitzung bei der Produktion zu erscheinen. Hast du auch eine Einladung bekommen?"

„Nein. Warte, ich schaue auf meinem Account nach." Vardan holte sein Handy und blätterte herum.

Abschließend verneinte er, etwas empfangen zu haben.

„Ich glaube, dies bedeutet für mich entweder das Ende oder eine Versetzung. Ich wittere nichts Gutes." Kjells Augen waren leicht rot angelaufen.

„Gerold war bei der Heilerin Fenja. Sie hat ihn etwas verändert. Er ist freundlich, kooperativ und irgendwie fröhlicher. Vielleicht solltest du sie auch besuchen. Du bist zu verspannt. Hast du Stress mit deiner Freundin?"

„Er hat mir das nicht erzählt. Ja, Tinu ist aus meine Wohnung ausgezogen, habe ich dir schon gesagt. Ich bin kein Beziehungsmensch, und sie hat mit ihrer Schnüffelei schon genervt. Sie war nur wegen der Firmenpolitik mit mir zusammen. Ich wette, dass alle ihre Orgasmen vorgetäuscht waren." Kjell lachte und merkte zu spät, dass Vardan seinen Humor nicht teilte.

„Das hätte ich dir auch sagen können, aber ich dachte, du wärst für diesen Gedanken nicht empfänglich. In dieser Branche darf man sich nicht zu sehr auf persönliche Beziehungen verlassen. Gerolds Affäre hat ihn aus einer guten Beziehung geholt und in einen einsamen Mann verwandelt, der ständig seinem alten Leben nachtrauert. Übrigens, die Frau mit der er diese Affäre hatte, ist jetzt im Management eines anderen Studios, das mit uns in harter Konkurrenz steht." Vardan ließ sich doch etwas in Getratsche ein, obwohl er dies niemals zugeben würde.

„Nein?" Kjells Augen sahen wie zwei Bratpfannen aus, und er versuchte, sich von den kommenden Katastrophen abzulenken.

„Wann ist deine Sitzung mit der Leitung?"

„Heute um sechs."

„Nach der Arbeitszeit?"

Kjell nickte und resignierte.

•

„Riiiipppsss", machte das Klebeband beim Öffnen des Pakets.

„Was zum Teufel ist das denn?", fragte sich Agnes, als sie die vergessene Postsendung aufmachte. Ihre Nachbarin hatte sie angenommen, und dortblieb sie fast zwei Wochen liegen.

„Habe ich den Mist bestellt?", überraschte sie sich, als sie las, dass das Paket von Fenjas Center zugesandt wurde. Anbei war die Bestellung mit Agnes Unterschrift.

Atmen ist für das Leben notwendig. Ein freudiger Herzschlag ebenfalls. Jedoch wenn das Luftholen schwerfällt und das Herz zu stark schlägt, kann das Dasein kaum genossen werden. Sie verteilte die Teepäckchen auf dem Tisch und kehrte zu ihrer Fotoorganisation zurück. Der Duft von künstliche Lavendel kam penetrant in ihr Nase.

„Puh. *Geduld ist eine Zierde*", sagte sich Agnes leicht angeekelt vom Geruch, während sie Momentaufnahmen aus einem Karton aussortierte. Gebleichte zerknitterte und gerissene Fotos auf der linken Seite und die noch brauchbaren auf den anderen Haufen. Gerolds Bilder auf einen Dritten, den sie für entschieden hielt, wo das gehörte.

Ihr Herz pumpte stärker, und ihr Kopf fühlte sich wie nach einem Katerabend. Das Lavendelaroma dämmerte ihre Aufregung, aber blieb etwas, was sie nicht mochte.

„Es riecht wie in Garderobe meiner Tante" monierte sie.

Sie blickte auf den Fotohaufen und schob einige Exemplare müde mit dem Finger und schnaubte laut.

„Früher war das Klassifizieren der Fotos ein beruhigender Zeitvertreib." Überlegte sie.

Ihre Hände zitterten leicht, als sie ein Urlaubsfoto von sich und Gerold in Paris hielt. Sie schaute auf sein Gesicht und bekam ein ungutes Gefühl.

Sie schloss ihre Augen, legte eine Hand auf die Brust und atmete tief durch.

„Wer trägt noch so einen hässlichen Schnurrbart." Sie lachte, aber das Zittern nahm zu.

Sie holte sich ein Foto, das bereits auf Gerolds Haufen lag, und schaute sich seine Konturen genauer an.

Wieder entdeckte sie einen dunklen Schatten um ihn, und sein Gesicht schien verdunkelt zu sein. Früher wäre ihr dies nie aufgefallen, aber seit dem Vorfall mit der U-Bahn lebte sie in einer hysterischen Phase. Sie fühlte sich zerbrechlicher und verwundbarer als je zuvor.

Ihr wurde kurz schwindelig, die Hand auf ihrer Brust schien keine Wirksamkeit zu haben.

Sie stand auf, lief zum Wohnzimmer und wählte auf ihrem Handy Gerolds der Kurzwahl.

„Hi, Agnes, was ist?", begrüßte er sie wie immer.

„Ich fühle mich nicht gut. Ich glaube, dass ich vor einer Panikattacke stehe. Meine Hände zittern wieder, und ich habe bereits zwei Beruhigungsmittel genommen, aber scheinbar hilft mir im Moment nichts. Ich befürchte, dass diese Erfahrung mit dem Filmriss mehr zu bedeuten hat, als ich mir wünsche. Mein Arzt kann mich erst in drei Wochen empfangen. Diese Fenja hat mich beeinflusst. Es war nicht gegen meinen Willen, da bin ich sicher. Aber jetzt bekomme ich auch eine sauteures Paket, das ich per Unterschrift bestellt habe mit billigen alten Kräuter, die bestimmt nach Fußabwasch schmecken. Das hatte ich auch vergessen. Diese Hypnose bei dieser Frau, oder wie sie meinte Entspannungstherapie, wird mir etwas zu bunt. Wenn ich nicht überzeugt wäre, dass sie alles nach Vorschrift dokumentiert hat, würde ich zur Polizei gehen, aber auf der anderen Seite bin ich froh, dort gewesen zu sein", fasste Agnes zusammen.

Gerold schaute im Studio und auf die zwei Praktikantinnen, die unentschlossen hinter dem improvisierten Tresen standen.

Die Aufgaben verlangten seine Aufmerksamkeit, aber auf der anderen Seite war Agnes seine erste und einzige Liebe.

„Soll ich zu dir kommen? Hier ist nur ein Empfang für die Interviewgäste, der in einer halben Stunde anfängt, und ich wäre dankbar, wenn ich woanders sein dürfte. Zwei Stunden Vortrag von Doktor Hille kann einen an den Rand des Wahnsinns treiben, und deine Schwester Celina, die keine Schwester mehr ist, kommt auch. Beides treibt einen aus dem Haus." Gerold lud sich schamlos bei Agnes ein und versuchte, mit Humor heiter zu klingen.

„Ich will dich nicht drängen, aber es geht mir seit Stunden nicht gut, und es wird schlimmer." Ihre Stimme zögerte. „Ich war dabei meine Fotos einzu..." Plötzlich wurde sie von einem Weinkrampf übermannt.

„Leg dich hin und warte. Ich bin in einer Viertelstunde da. Ich nehme ein Taxi." Agnes hörte den Schluss des Satzes nicht mehr, da sie davor auflegte.

Ein tiefer Schmerz stichelte in ihrer rechten Bauchseite. Sie bewegte sich zum Schlafzimmer zurück und setzte sich aufs Bett, wo die Fotos verteilt waren. Sie konnte sich nicht mehr an die Bedeutung der Haufen erinnern. Es wirkte so, als hätte sie gerade angefangen, die Fotos zu sortieren.

Sie nahm den in der Mitte und erinnerte sich, dass ihr eine Bemerkung über Gerolds Bart in den Sinn kam. Einige Sekunden vergingen, und sie tat ihr Beste, sich zu erinnern, was darin zu sehen war, als ihr der dunkle Schatten um Gerold auffiel.

„Meine Augen sind getrübt." Sie versuchte, rational zu bleiben und ihre Symptome zu erklären.

Sie griff nach einem anderen Foto und sah, dass der Hintergrund verblasst oder gar nicht mehr vorhanden war.

Die Wirkung der Beruhigungsmittel setzte ein, sie wollte schlafen.

„Gerold hat einen Schlüssel", erinnerte sie sich.

Sie schloss ihre Augen und begann zu träumen. Die Schatten um Gerold wuchsen und überdeckten ihn völlig. Sie sah nur sich auf den Fotos. Sie wollte Widerstand leisten, aber die Medikamente waren stärker.

Sie sah, wie das Dunkel ihr Leben überschattete und alle Szenen in den Fotos löschte und nur sie allein war noch darauf zu erkennen.

●

Die ersten Jahre in einem Betrieb bleiben für immer in Erinnerung in der Karriere einen Menschen. Eine neue Hose, die man makellos tragen wollte. Die Frisur, wie anderen Erwachsenen im Büro nachahmte, oder wie man sich von einem wilden Teenager zu einer Bürokraft verwandelte, waren die

Gedanken, der wenige Angestellten des Studios dachten, als sie die zwei Praktikantinnen anschauten.

Sie trugen dabei transparenten Mundschutz. Dieser sah zwar freundlich aus, aber wirkungslos.

Vardan lächelte alle Mitarbeiter souverän an und wusste, dass er höchstwahrscheinlich für die nächste Zeit die einzige Führungskraft in diesem Büro wäre.

„Doktor Hille. Willkommen. Es ist ein sehr bescheidener Empfang. Aufgrund der Corona-Einschränkungen dürfen nicht mehr als zwanzig Personen im Innenraum sein." Doktor Hille stellte dabei fest, dass gemäß den Vorgaben sich kaum acht Menschen in diesem Raum aufhalten durften. Aber dieser Lapsus war für ihn unwichtig, da diese Vorschriften fast stündlich geändert wurden." Er nickte und erhob das Glas.

„War ich der einzige Interviewgast in der Sendung?" Wollte er wissen.

„Kommen Sie mit. Ich stelle Ihnen Celina Montez vor. Sie ist Heilpraktikerin und hat bestimmt eine Viertelstunde über ihre Arbeit gesprochen." Vardan bemühte sich um die Stimmung des Empfangs und bewegte sich mühelos durch die Gäste, die ebenfalls mit guten Abstand im Raum verteilt waren.

Die bayerische Musik im Hintergrund sollte eine Hommage auf das ausgefallene Oktoberfest sein, aber der DJ schien niemals auf der Wiesn gewesen zu sein, da Reggae bestimmt nicht ins Repertoire der Zeltekapellen passte.

„Frau Montez, das ist Herr Doktor Hille. Er ist ebenfalls ein Gast der Sendung." Kurz nachdem Vardan die beiden einander vorstellte, entschuldigte er sich und bewegte sich eilig in Richtung des inkompetenten DJs. Der kaum Zwanzigjährige stand am Anfang seiner Karriere, wie die zwei Praktikantinnen, die ihre Dirndl elegant präsentierten und die Gäste unterhielten.

„Sie sind Heilpraktikerin? Was für Behandlungsmethoden wenden Sie an?", wollte er aus professioneller Interesse wissen.

„Ich kümmere mich mehr um die Seele als um den Körper. Fitness, Ernährung und mal ein gesundes Bier sind meine Methoden. Alles andere überlasse ich Ärzten wie Ihnen." Etwas in ihren Augen war weniger professionell distanziert als erwartet. Sie betrachtete Doktor Hille von oben bis unten, hin und wieder verweilten ihre Augen mit entsprechend damenhafter Diskretion.

„Ich bin nur ein Hausarzt, der sich Sorgen um die Gesundheit der Menschen macht. Wie war Ihr Interview?", folgte er dem Small-Talk und überprüfte sie diskreter als sie dies getan.

„Möchten sie noch Wein?", fragte eine Praktikantin.

Celina tauschte ihr leeres Glas und anschließend unaufgefordert Doktor Hilles und ließ dabei ihr Rücksicht auf den vorgeschriebenen Abstand.

„Sie sind aber sehr schüchtern. Wir haben genug für unser Geld gearbeitet. Heute dürfen wir feiern", sagte sie und lachte damenhaft.

„Ich bin kein geselliger Mensch. Muss ich leider zugeben. Bei Menschen, die ich nicht kenne, finde ich selten Worte. Ich glaube, es liegt am Beruf. Hallo, Diagnose, auf Wiedersehen", zählte Doktor Hille die Arbeitsvorgänge auf.

„Und Rechnung senden. Das haben sie vergessen." Celina lachte damenhaft, würden einige behaupten.

„Sie kommen aus einer spanischen Familie?", suchte er nach einer fortsetzenden Frage im Gespräch.

„Montez ist ein Künstlername wie Lola Montez." Celina bewegte sich wie die historische Hochstaplerin, die König Ludwig I. um seinen Thron brachte.

Doktor Hille lachte und lief rot an, als er merkte, wie Celina ihn wieder musterte.

„Sie führen eine sehr genaue Anamnese", lächelte er verlegen und etwas benommen von seinem dritten Wein.

„Wir sollten uns über Anamnesemethoden austauschen." Sie nahm seinen Arm und er vergaß jeden professionellen Widerstand.

Vor mir

ward nichts

Geschaffenes bereitet,

•

Zwei Kartons lagen neben vier anderen, die längst beschriftet und zur Abholung bereit zu sein schienen, leer am Boden. Staub in der Luft schimmerte unter den Morgensonnenstrahlen, welche durch die alte Fensterrahmen kamen.

Kjell stand am Regal hinter seinem Schreibtisch und überprüfte die Bücher und platzierte diese nach der Inspektion in eine der Boxen.

„Ist es definitiv?", fragte Vardan, als er ins Zimmer seines Kollegen kam.

„Leider ja. Heute ist mein letzter Arbeitstag. Danach gehe ich in Urlaub und Anfang Juni bin ich dann arbeitslos. Ich habe scheinbar an den Falschen gezweifelt und die Verkehrten geglaubt. Hast du mitbekommen, wer den ganzen Ärger ausgelöst hat?" Kjell warf ein Buch aus dem Regal in einen der Kartons.

„Agnes oder Gerold?", versuchte Vardan.

Kjells Augen zeigten, dass seine Gefühle extrem verletzt waren. Die rötliche Farbe verriet, dass er Tränen vergossen hatte.

Er schüttelte den Kopf und suchte nach Worten. Er schien einem Weinkrampf nahe zu sein. Vardan empfand dies als einen zu persönlichen Moment, den er gern vermieden hätte.

„Tinu", schluchzte Kjell.

„Was? Tinu, deine Freundin?"

„Ex-Freundin. Diese Ratte soll in der Hölle schmoren. Sie hat bei den Produzenten alle Geheimnisse ausgeplaudert, die sie bei mir geschüffelt hat. Sie hat die Defizite unseres Budgets und die Problemberichte, die du verfasst hast, alles an den Produzenten geschickt. Übrigens macht sie mit unserer Konkurrenz eine eigene Sendung über alternative Heilmethoden. Ich kann das nicht fassen. Diese dumme Nuss. Sie ist unfähig, die Kaffeemaschine zu bedienen, und die Nachrichten liest sie falsch. Aber was du nicht weißt: Sie ist die Nichte einer ehemaligen Liebhaberin von Gerold. Die nebenbei gesagt, die nächste Geschäftsführerin hier sein wird. Ich wurde in der Sitzung so blamiert, dass ich kaum den Mut hatte, heute herzukommen und meine Sachen abzuholen. Ich kann nicht glauben, dass dieses miese Stück zudem behauptet, dass ich sie sexuell belästigt habe. Ich musste sie fast mit Polizeiunterstützung aus meiner Wohnung rauswerfen. Meiner Wohnung", übertrieb Kjell, während er weitere Bücher, Preise und Dekor in die Kartons warf.

„Die Frau die du erwähnst, kenne ich von Gerolds Erzählungen. Er nahm ihr ziemlich übel, dass sie ihn verführt hatte, nur um sich an Agnes zu rächen. Scheinbar konkurrierten sie und Agnes um die Stelle hier in den Nachrichten vor viele Jahre her. Pass auf, Kjell, oder du bringst nur Scherben nach Hause. Das ist Glas."

Das Kreative-Team schloss die Tür deren Besprechungsraum, um den Lärm von Kjell zu entgehen.

„Scheiß auf das Glas. Wenn ich diese Tinu in die Finger kriege, werde ich sie zerquetschen wie eine Orange. Mistvieh. Ich bin hier in einer halben Stunde weg." Kjell war nicht beliebt bei den Mitarbeitern, und mit Vardan hatte er nie ein privates Gespräch geführt, daher erwartete er keine Abschiedsfeier. Aber umso weniger wünschte er sich die Wahrheit.

„Vergiss nicht, deine Schlüsselkarte abzugeben", verabschiedete sich Vardan und verließ den Raum.

Kjell wurde die Tatsache klar, dass seine Naivität ihn verleitet und Tinu sich mit ihm nur abgegeben hatte, um an Informationen zu gelangen.

Er erkannte, dass er ebenso ersetzbar war wie die Menschen, die er so wenig Achtung schenkte.

•

Das Wirtshaus-Oktoberfest wurde beschlossen, und München war im Mai glücklich und in Feierlaune. Die Straßen der Stadt waren ebenso voll, wie die Gassen der Theresienwiese, und überall wurde gelacht, geschrien und gesungen, als wäre die Pandemie nie da gewesen. Viele fragten sich, wie ernst Corona sein könnte. Am Wochenende machten einige Biergärten sogar auf. Damen und Herren aller Gesellschaftsschichten und jeden Alters tranken Bier, und die Reporter, die befürchteten arbeitslos zu werden, blickten hoffnungsvoll in die Zukunft.

In einem großen Traditionsrestaurant in der Fußgängerzone stellte man auf der äußeren Seite des Restaurants neue Tische für Gäste auf. Sogar Atheisten beteten, die alte Zeiten würden nicht wieder kommen.

„Doktor Hille. Vielen Dank für die Einladung", bedankte sich Gerold und setzte sich an den Tisch an der Ecke der Residenzstraße. Er beachtete, dass er nicht zu nah am Rand Platz nahm, da nicht selten man von einem Fahrrad, Skater oder Rollers erfasst wird.

„Ich bedanke mich für den Empfang. Als sie dort nicht zu sehen waren, dachte ich, Sie auf ein Bier einzuladen. Ich hoffe, die Einladung war ihnen recht." Dr. Hille suchte nach Worten. Insgeheim machte er sich immer Vorwürfe für sein mangelnden Small-Talk-Künste.

„Es war nicht nötig, aber ich habe heute einen Tag frei und so kam mir gelegen. Wie war der Empfang?" Gerold schaute ständig auf sein Handy, als würde er auf eine Nachricht warten.

„Ich hatte eine interessante Unterhaltung mit Celina Montez und habe mich entschlossen, die Heilerin Fenja zu besuchen. Kennen sie ihre Praxis?", fragte Doktor Hille.

„Mächtig kann ich nur sagen. Der Empfang, die Aufzüge. Das muss bestimmt ein Vermögen kosten." Gerold suchte in der Speisekarte nach etwas ohne Cholesterin und war so weit, sich nur mit einem Salat zufriedenzugeben.

„Ich habe mich mit einer Asiatin am Empfang unterhalten. Fenja hatte keine Zeit für mich und Celina."

„*Celina? Keine Schwester Celina und keine Frau Montez?*", bemerkte Gerold.

„Sie müssen mindestens vier Wochen zuvor einen Termin buchen, und Zahlungen werden nur privat und im Voraus akzeptiert. Sie scheint besser in Geschäft zu sein als viele andere in der Branche, die ich kenne." Gerold winkte dem Ober, der ihn weiter ignorierte.

„Frau Misuke gab mir eine Einleitung in den Methoden der Heilerin, sie stellte besonders im Vordergrund, dass Fenja sich nicht als Heilpraktikerin bezeichnet. Das muss ein rechtliches Bedenke dahinter stecken. Sie wendet eine Art Autosuggestion Methode an. Das ist eine Art Selbsthypnose gegen Fresssucht, Rauchen und andere schlechte Gewohnheiten der modernen Menschen. Es ist vom Einsatz her keine schlechte Methodik, aber selbst Psychologen und Psychiatern sind sich nicht einig, ob dies Schäden verursachen kann. Und bei allem Respekt, für ihre Leistungen kann ich mir nicht vorstellen, dass eine Person mit einer Ausbildung von kaum zehn Monaten in oberflächlichen

Abhandlungen über Psychologie und autodidaktischen Übungen in therapeutische Methoden dies anwenden dürfte. Jedoch kann ich auch nichts dagegen sagen. Sie hat gut dokumentiert, dass die Klienten der Behandlung zustimmen müssen. Es ist sehr professionell." Doktor Hille schaffte es, zwei Bier zu bestellen, und Gerold entschloss sich auf den Salat zu verzichten, da er sich erinnerte, dass in bayerischen Restaurants im Sauerkraut auch Speck serviert wird.

Gerold lernte in seinem Beruf, auf Details zu achten, die man als gewöhnlicher Mensch kaum wahrnehmen würde.

„Frau Misuke ist die Asiatin am Empfang. Sie wusste so viel über Fenjas Ausbildung, ja?", fragte Gerold.

Ertappt lief Doktor Hille rot an und suchte wieder nach Worten.

„Das hat Celina ... Montez mir erzählt. Sie war ihre Ausbilderin. Wir unterhielten uns, über die Methoden, die in der Schule beigebracht werden. Hypnose wird seit mehreren Generationen benutzt, aber in medizinischen Kreisen wissen wir, dass diese durch weniger professionelle Einsätze eher schaden als helfen kann. Wie sie selbst angab, war die junge Dame eine der Besten in ihrer Gruppe, aber es ist bedenklich, dass einige ihrer Klienten gestorben sind. Nicht nur wegen der Pandemie. Angeblich waren diese Frau aus der Demo am Leopoldpark und der Mann, der sich an der Ludwigsbrücke vor einigen Wochen umbrachte, auch Klienten der Dame. Eine davon setzte ihre ärztliche Behandlungen ab. Für mich war irritierend, dass die Heilerin eine Ausbildung als Heilpraktikerin bei Celina besuchte, und doch nicht die staatliche Prüfung ablegte, aber wie gesagt, ich kenne die rechtliche Details nicht."

„Ich hatte das untersucht, aber sterben muss jeder. Wenn man in dieser Branche arbeitet, kommt es mal vor, dass sich die Zahl der Sterbefälle häuft. Eigentlich würde ich behaupten, dass Ärzte wie Sie mehr Sterbefälle haben als jeder Heilpraktiker. Mit Verlaub, aber das ist kein Argument." Gerold nahm schuldbewusst einen Schluck von seinem Bier.

„Das stimmt. Wir haben beim Empfang in Semper-TV Ihre Kollegin, Frau Mohr auch nicht gesehen. Ich hörte von einer der Organisatorinnen der Veranstaltung, dass Frau Mohr in Urlaub ist", erkundigte sich Doktor Hille.

„Ja, stimmt. Sie hat sich freigenommen. Ihr geht es nicht gut, sie hat einige hormonelle Probleme, glaube ich. Darf ich etwas fragen? Ich weiß, jeder, der einen

Arzt privat trifft, versucht, alle seine Schmerzen und Probleme zu besprechen, aber es wäre für mich wichtig über etwas, was mit Agnes geschah, zu sprechen."

Die Zeit verging, und Doktor Hille hörte die Details zu Verhalten und Symptomen der Reporterin aufmerksam an.

„Das macht mir wirklich nichts aus. Zumindest damit kenne ich mich aus. Ich komme immer in Verlegenheit, wenn ich über etwas anderes spreche."
Doktor Hille war ein typischer Mann vom Land, was seine Aussage fast überflüssig machte.

„Warum kommen sie nicht mit Frau Mohr zu mir?"

•

Das Nachtleben ist für viele Teenager ein Traum, aber der Albtraum der Erwachsenen. Auf der Uhr an der Wand, eine Kuckucksuhr vom Anfang des zwanzigsten Jahrhunderts, war es bereits vier Uhr und der darunter wiegende Pendel takte rhythmisch unaufhörlich.

Gerold war müde und fand keinen Schlaf. Er versuchte, Agnes mit Wein, Witzen und langen Gesprächen zu beruhigen, aber es schien nicht mehr zu wirken. Ihr Zustand hatte sich verschlechtert, und er war überzeugt, dass sie professionelle Hilfe benötigte.

Doktor Hille war nicht erreichbar, und bevor sie schlief, war sie aggressiver denn je. Diese Verwandlung in eine Furie war eine neue Stimmungslage, und Gerold war sich bewusst, dass er im Moment ihre einzige Hilfe war.

Im Schlafzimmer waren schwere Schritte zu hören. Gerold hoffte, dass Agnes nicht eine erneute Attacke habe. Er war nach den vier Ausbrüche vom letzten Abend erschöpft.

„Oh Gott. Du bist noch da? Tut mir leid, ich kann nicht nachvollziehen, was mit mir los ist." Agnes war etwas schläfrig, aber auch verlegen, weil sie zuvor eine Panikattacke hatte.

„Du weißt, dass ich dich niemals in der Not allein lassen würde", sagte Gerold müde.

„Leg dich im Gästezimmer hin. Mir geht es besser. Denkst du wirklich, dass etwas von Fenjas Behandlung meine Probleme ausgelöst hat? Ich kann mich nicht mal erinnern, dort gewesen zu sein, an diese teure Teebestellung noch weniger. Ich kann mir nicht mal vorstellen, dass ich in einer Behandlung war. Du lässt dich zu sehr von Doktor Hille beeinflussen." Sie holte sich ein Glas Wasser.

Es folgten die Vorbereitungen für das Abendessen. Weder Gerold noch Agnes aßen gemeinsam nach achtzehn Uhr.

„Ach, ja. Er ist mit **Celenia** zusammen. Da bin ich mir sehr sicher. Sie haben sich beim Empfang im Studio kennengelernt, und seitdem sind sie die besten Freunde", sagte Gerold leicht neidisch und wackelte auf seinem Stuhl und der Charme von Celina auf Doktor Hille nachzuäffen.

Agnes setzte sich ihm gegenüber und nahm seine Hand. Die benutzten Teller räumte Gerold weg und saß wieder.

„Sie heißt Celina. Warum verwechselst du ihren Namen so oft?" Sie machte eine Pause und schaute ihn an. „Warum hast mich damals mit diesem Waldschrat betrogen? Sie war nicht mal dein Typ. Oder überhaupt eines Mannes Typ. Dieses Weib wird sich jetzt in unserem Studio als große Chefin ausbreiten." Zum ersten Mal sprach sie über den Keil, der beide trennte.

Gerold war sich seines Fehlers bewusst und bereute von Anfang an, mit ihr darüber gesprochen zu haben.

„Sie hat mich damals verführt. Nicht ich sie. Ich glaube, du hast dir das Problem anders eingebildet und hast nie offen mit mir unterhalten." Er streichelte ihre Hand, und sie ließ es gerne zu.

„Ich war vielleicht nicht reif dafür. Hast du erfahren, dass Tinu ihre Nichte ist?" Agnes zitterte zwar, aber ihre kalten Hände schienen sich etwas zu entspannen.

„Ja. Vardan hat es mir erzählt. Das Höllenweib hat Kjell ausspioniert."

„Vardan erzählt alles. In einem früheren Leben war er ein Waschweib. Mir wurde klar, dass du die Wahrheit sagst, als ich hörte, dass Kjell sein Posten wegen ihre Nichte gekündigt wurde. Sie ist hinterlistig und lügt. Tinu hat eine eigene Sendung bekommen. Das wird floppen. Glaub mir." Sie genoss die Wärme von Gerolds Händen.

Schnell vergeht die Zeit, wenn man eine freudige Begleitung hat, und so war es bereits etwas spät für Agnes.

„Wir sollten schlafen gehen. Reden wir morgen weiter, aber du musst zu Doktor Hille. Er hat einen Kollegen im Gebäude, der sich für dich Zeit nehmen wird. Er vermutet, dass du ein Nachtrauma erlebst.

Das kann bei Hypnosen vorkommen." Gerold stand auf und begleitete sie bis zum Schlafzimmer.

Er küsste sie zart.

„Ich gehe zum Gästezimmer."

„Bleib bei mir."

•

Miteinander eine Nacht zu verbringen, ruft romantische Gedanken hervor. Der nächste Morgen kann der Moment sein, wo unsere Herzen höher schlagen, oder zu einem peinlichen Augenblick werden. Dies entscheidet sich, kurz bevor einer der Partner sich mit einem fadenscheinigen Argument verabschiedet.

Jedoch bei der Versöhnung hat man einige Nachteile. Das Herz schlug bereits in der Vergangenheit mehrfach höher, und Lügen helfen nicht.

Agnes gab zu, dass sie Gerold vermisste, und er musste sich von seinem verletzten Ehrgefühl verabschieden. Nur so konnten sie wieder zueinanderfinden.

Mit diesem Gedanken beschäftigten sich beide im Wartezimmer von Doktor Silva.

„Grün", rief die Sprechstundenhilfe hinter ihre überdimensionale Maske und lotste Gerold zum Sprechzimmer Nummer zwei, wo Agnes wartete.

„Der Doktor kommt gleich. Ich wollte, dass du mithörst, weil etwas scheint in meiner Sitzung bei Fenja gewaltig schiefgelaufen zu sein. Er meinte, dass ich ein posttraumatisches Symptom zeige. Klingt interessant." Agnes wartete auf eine Antwort, aber Gerold schwieg etwas zu lange.

„War zu peinlich, mit einer alten Frau im Bett zu sein?", provozierte sie.

„Lass den Schmarrn. Ich küsse den Boden, auf dem du gehst, seit ich dich zum ersten Mal getroffen habe. Mach keinen Streit. Ich kämpfe, seit ich aufgestanden bin, um mit dir zu sprechen, dass wir wieder zusammenleben sollten. Du erschwerst mir das nur." Gerold lief rot an, und die Aufregung brachte ihn zum Schwitzen.

Agnes nahm seine Hand und streichelte seine Wange.

„Entschuldige."

Doktor Silva kam durch die Tür und lächelte beide an. Er öffnete Agnes Krankenakte , die auf seinem Monitor avisiert lag und schaute sich die Graphiken eines EEGs an.

„Frau Mohr hat mir erzählt, dass Sie auch bei der Heilerin Fenja zur Behandlung waren."

Gerold überlegte kurz und nickte.

„Wie war ihre Sitzung dort?"

„Im Nachhinein kann ich mich wirklich nur wenig erinnern. Sie bat mich, mich auf ein sehr feines Sofa zu legen, und wir machten eine Entspannungsgespräch, aber ich schlief ein." Gerold war überrascht, dass er alles in so kurzer Zeit vergessen hatte.

„Was war der Inhalt des Gesprächs?", wollte Doktor Silva wissen.

„Lappalien. An freudige Dinge denken. Positive Gedanken. Sie befragte mich über meine Arbeit und keine Ahnung. Mehr weiß ich nicht. Es war langweilig, und ich schlief tief ein. Ich wachte später auf, als die Asiatin vom Empfang mich weckte. Übrigens, die Empfangsdame, eine Misuke hat mir Tees angedreht, die ich per Unterschrift bestellt habe." Agnes hörte aufmerksam zu.

„Zumindest bist du nicht in der U-Bahn aufgewacht", bemerkte sie.

„Ich kann nur vermuten. Momentan würde ich gerne weitere Untersuchungen bei Frau Mohr veranlassen.

Ich denke, dass die Heilerin Fenja eine Entspannungstherapie bis zur Trance führt. So wie eine Hypnose. Habt ihr dort etwas gegessen oder getrunken?"

„Ich erinnere mich jetzt. Es gab Jasmintee", sagte Agnes.

„Stimmt. Den hatte ich auch. Scheußliches parfümiertes Zeug", ergänzte Gerold.

„Gegen positive Gedanken kann man auf Anhieb nicht viel sagen, aber es scheint, dass Frau Mohr in eine Hypnose fiel und sich selbst davon zu befreien versuchte. Dies kann ein Trauma auslösen. Die Panikattacken, die folgten, sind typisch für solche Erlebnisse, aber beweisen kann man wenig. Ich würde nicht an Prozesse und Schadensersatz denken, weil Sie dort freiwillig waren. Bestimmt haben Sie der Behandlung mit Unterschrift zugestimmt, und die Heilerin hat sie auch nicht körperlich behandelt. Daher würde ich mich auf das Notwendige konzentrieren und die aktuellen Probleme behandeln." Doktor Silva übergab Agnes eine Visitenkarte.

„Ich bin Neurologe, aber mein Kollege kümmert sich um Psychologie und Fälle wie Ihren, hat er Erfahrung und wird sich freuen, mit einer so berühmten

Reporterin zu arbeiten." Doktor Silva schmeichelte Agnes und merkte, wie positiv dies auf sie wirkte.

„Aber diese Schatten, die ich sehe. Was ist damit? Ich sehe dieses Dunkel an manchen Orten ständig, und vor meinem letzten ... Problem sah ich diese Schatten auf meinen Fotos." Agnes erwähnte nicht, welche Bilder sie meinte, da sie Gerold nicht beunruhigen wollte.

Doktor Silva nickte mehrmals und tippte kurz mit dem Kugelschreiber auf die Tischplatte.

„Frauen sind sensitiver, oder sagen wir meistens sensitiver als Männer. Es kann sein, dass Ihre Vorstellungskraft Ihnen einen Streich spielt. Sie haben keine Irregularität, die Halluzinationen auslösen könnte. Klinisch gesehen, sind Sie absolut gesund. Daher mein Rat, machen sie einen Termin mit meinem Kollegen. Und wenn sie wieder solche Visionen haben, können sie diese Beruhigungsmittel nehmen, sie sind auf natürlicher Basis und haben keine Nebenwirkungen." Gerold riss sich zusammen, da er bei solchen Medikamenten immer sehr skeptisch war.

„Aber gehen Sie bitte nicht wieder zu einer Sitzung mit der Heilerin, bis sie mit meinem Kollegen gesprochen haben." Doktor Silva stand auf und gab beiden zu verstehen, dass alles gesagt sei, und Zeit ist Geld sogar für Ärzte.

„Ich wollte das Thema nicht weiter mit dem Arzt diskutieren, aber ich habe mir wirklich Gedanken gemacht, ob dieser Tee dort nicht gemeinen Stechapfel enthielt", bemerkte Gerold auf dem Weg nach draußen.

„Spinnst du? Das wäre Vergiftung. Wenn man sie erwischt, landet sie im Knast. Wie kommst du auf diese Idee?", fragte Agnes.

„Du erinnerst dich an unsere Recherche vor zwei Jahren, oder?"

„Klar, aber das war eine homöopathische Lösung. Das hat damit nichts zu tun. Aber ihre Nutzung von Hypnose kann unter Umständen viel tiefer gehen als nur Entspannung. Sie kann zum Beispiel die Klienten überzeugen, dass sie immun sind und keine ärztliche Behandlung benötigen", widersprach Agnes.

„Es könnte sein, dass sie meint, sie tue das Beste. Das Ganze kann auf Naivität basieren, aber ich finde deine Erfahrung sollte genauer untersucht werden."

„Du hast weder ein Trauma, noch bist du woanders aufgewacht."

„Aber ich kann mich auch nicht an alles erinnern", fügte Gerold hinzu.

„Du bist während deiner Behandlung eingeschlafen. Wenn du schläfst, weißt du nicht mal, wer ich bin. Ich kenne dich", beendete Agnes Gerolds Vermutungen.

Nur ew'ges Sein,

so wie ich ewig bin:

•

Fernsehen wurde während der Pandemie zur Dauerbeschäftigung einiger Menschen. Dies war für viele Sender die Chance für große Werbeeinnahmen.

Graphiker, freiberufliche Schauspieler und andere Freelancer wurden hier und da beschäftigt, und Sendungen direkt aus dem eigenen Heim ausgestrahlt. Das neue Format fiel dem Publikum nicht negativ auf und für die meisten Produzenten wurde dies zu einer weit besseren Alternative, die Kosten in der Krise einzusparen.

Vardan wurde von ihren Forderungen überrannt. Neue Sendungen wie Home-Shopping und Talks sollten in das entdeckte Format umgearbeitet werden. Die Anzahl der Aufträge brachte fast alle Mitarbeitern von der Kurzarbeit, wieder ins Studio. Vardan stellte sich auf einer Zwölf–Stunden-Schicht ein und versuchte, alle Forderungen der Produzenten zu erfüllen. E-Mails von Kjell ignorierte er und suchte in den leeren Räumen des Studios nach Lösungen, um seinen Job zu behalten.

Die Reportage über Heilpraktiker und Ärzte von Agnes und Gerold lief wie erwartet ab. Zur Enttäuschung von Vardan erreichte die Sendung nur eine moderate Anzahl älterer Zuschauer.

Da Agnes in Urlaub war, übernahm Tinu die Nachrichten. Der einzige Dauerläufer des Studios. Tinus Sendung über alternative Heilungsmethoden erreichte kaum Zuschauer und wurde in der Nacht versetzt. Vardan warf einen Blick auf die Statistiken von beide Sendungen und war froh.

Aber eine Krise wie diese Pandemie machte Planungen fast überflüssig, weil sich jeden Tag etwas Neues ergab.

So geschah es am späten Nachmittag, als Vardan Agnes Anruf übernahm.

„Hallo. Hast du bereits Sehnsucht nach dem Studio?", fragte er freundlich.

„Hallo, Vardan. Ich muss leider etwas Unerfreuliches mitteilen." Als Agnes dies sagte, überlegte er, ob Tinus und Kjells Intrigen zu ihrer Kündigung geführt hätten. Mobbing war in der Branche fest verwurzelt und dessen Bekämpfung leider fast unmöglich.

„Lass uns darüber reden, wenn es hilft. Ich weiß nicht, wann sich hier etwas ändert, aber wir werden weitere ..." Vardan wurde unterbrochen.

„Hör bitte zu. Gerold hat Corona und wurde ins Krankenhaus eingeliefert."

Darüber zu berichten, lesen oder schreiben war mittlerweile alltäglich, aber die Konsequenzen so hautnah zu erleben, war fast erschreckend. So musste sich Vardan erst einmal sammeln.

„Wie geht es dir?", war seine Reaktion.

„Ich bin auf Quarantäne. Mit uns kannst du in den kommenden Tagen nicht rechnen. Ich werde auch meinen Urlaub verlängern und die kummulierte Überstünden als Freizeit beantragen. Ich will Gerold zur Seite stehen, wenn er aus dem Krankenhaus rauskommt."

Ohne sich zu verabschieden, legte sie auf.

„Es scheint, dass wir am Ende der ersten Welle angelangt sind", dachte er.

•

Die Einsamkeit fällt nicht auf, wenn man die Zweisamkeit nicht so sehr vermisst. Eine Geste von Gerold reichte aus, um Agnes Mauer gegen ihre Beziehung zu brechen.

Im Krankenhaus durfte sie nicht bleiben, und mit den Aussichten auf den Krankheitsverlauf und vierzehn Tagen Aufenthalt dort gab sie auf und führ zu ihrer Wohnung zurück.

Das unerklärliche Dunkel, das sie an verschiedenen Orten verfolgte, war zwar nicht präsent, aber sie empfand, als wäre es ständig auf der Lauer hinter ihr und anderen Opfern her.

„Du siehst Phantome, Mädel", tadelte sie sich.

Gerolds Hinweis auf mögliche unkonventionelle Zutaten in Fenjas Tee hielt sie mittlerweile für unmöglich. Sie setzte sich an ihren Computer und schaltete diesen ein. Während das System hochfuhr, servierte sie sich ein Glas Merlot.

Sie rief die Website der Praxis auf. Dort wurde die Teemischung beschrieben, und man konnte sie sogar bestellen.

„Wer bietet schon Gift übers Internet an?", fragte sie sich.

Ein leichtes Zittern auf ihrer Hand schwappte etwas Wein auf den Arbeitstisch. Dabei blickte sie auf ihre dünnen Finger und erinnerte sich eines Déjà-vus, wie ihr Termin bei Fenja ablief.

Ihr Herz schlug ein- oder zweimal, stärker und sie schaltete die Lampe am Tischende an.

„Die Dame Empfang", erinnerte sie sich. „Sie kam in meine Sitzung und sagte, dass ich eine Packung Tee bestellen sollte", kam wieder etwas von Agnes Erinnerung.

Doch sie war sich unklar, ob sie dies selbst zusammensetzte oder ihre Fantasie verrücktspielte.

„Habe ich wirklich das erlebt?", fragte sie sich.

Sie war sich sicher, dass ihr von Anfang des Projektes etwas folgte, und immer wieder stieß sie auf Fenja. Obwohl diese nie anwesend war, wurde sie jedes Mal indirekt involviert, wenn Tragisches passierte.

„Du fantasierst", warf sie sich vor.

Eine erneute Erinnerung überkam sie und beinahe, hätte sie ihr Glas fallen lassen.

„Verfolge nur deinem Leben. Verlasse die Welt, die dich hindert, frei zu sein." Sprach Fenja in der Sitzung.

Sie zitterte leicht, und um dies zu bekämpfen, schluckte sie den Wein runter und servierte sich ein weiteres Glas.

Die Sitzung war aufbauend, und sie wünschte, sich von ihrer Sperre gegen Gerold zu befreien, sie vermisste die Liebe und geliebt zu werden, und vor allem wollte sie lernen zu verzeihen.

„Du freust dich auf die nächste Sitzung mit mir, und jetzt nimm dir die Zeit frei und fahr zum Park", hörte Agnes von Fenjas Lippen.

Dies schien gelungen zu sein, aber erklärte nicht, warum sie ihre Erinnerung verlor oder Angstanfälle.

Fenjas Augen erschienen vor Agnes und verführten sie zum Schlafen.

„Ja, sie hat mich zum Entspannen gebracht", mahnte sie sich.

Sie erinnerte sich wieder, dass sich das Dunkel um Fenja herum bildete und Agnes die Kraft raubte. Sie wollte sich davon befreien und schreien. Fenjas Augen schienen zu glühen und sich wie zwei Messer in ihr Gehirn zu drängen. Das Glas fiel zu Boden, und Agnes stand auf. Sie schob den Stuhl von sich und rang nach Luft.

„Etwas war nicht in Ordnung", Kam in ihre Gedanken.

Bei dem Versuch, vom Arbeitsplatz zu entfliehen und die unheimlichen Eingebungen zu beenden, stolperte sie über den Stuhl und fiel zu Boden.

„Wo ist Gerold, wenn man ihn braucht?", fluchte sie in tiefem Schmerz, den sie sich an der Schulter zugezogen hatte.

Sie stand auf und nahm ihre Tasche, wo sich die Beruhigungsmittel befanden, die sie am Nachmittag geholt hatte.

Sie schloss ihre Augen, atmete tief durch und versuchte, sich zu beruhigen. Die Erinnerungen kamen wieder, aber nicht vollständig.

Sie sah, wie ihr Computer in den Schlafmodus wechselte und der Monitor sich abschaltete. Sie gab der Wirkung der Medikamente nach und schlief tief ein.

Nichts war zu hören oder zu sehen, aber in ihren Träumen begleitete sie ein undefinierbares Dunkel in einem traumlosen Schlaf.

•

In den lokalen Schlagzeilen wurde auf der ersten Seite über Gerolds und Agnes Sendung berichtet. Jedoch weit unten und nur in einem kleinen Kästchen. Die Hauptschlagzeilen galten den neuen Corona-Maßnahmen. Die Zahlen stiegen unaufhaltsam, und Tourismus und Hotellerie schrien um Hilfe.

„Weiter auf Seite 3", informiert das Blatt.

Dort vermisste Doktor Hille ein Foto von sich. Nach Durchlesen der spärlichen Zeilen über die Sendung fand er weder eine Erwähnung von sich noch von Celina.

„Ich bin froh, dass wir eine Gage für das Interview bekommen haben. Scheinbar wurden viele ältere Zuschauer gezählt, aber es war kein Brüller. Es war ein Fehler, dies in den Pfingstferien auszustrahlen. Ich würde es nicht als Flopp bezeichnen, aber ich habe mir echt etwas ganz anderes von den ganzen Interviews und Verschwörungstheorien etc. erwartet." Doktor Hille saß in seinem Pyjama am Frühstückstisch.

„Julian, sei nicht so egozentrisch. Haben sie mich dabei erwähnt?", fragte Celina, die sich am Kochen versuchte.

„Salz ist da oben." Sagte Julian Hille.

„Es war für uns zumindest eine kostenfreie Werbung. Ich habe seit März einige Klienten gehabt, aber meine Einnahmen sind so gut wie weg. Corona wird uns entweder die Luft zum atmen oder das Essen vom Tisch wegnehmen. Sie sprechen die ganze Zeit über Hilfen für Künstler und Hoteliers, aber für Geschäfte wie meins, nach fast vier Monaten ohne Einnahmen sind bald alle meine Ersparnisse weg. Darüber hätten sie berichten sollen. Über Betrug und Verschwörungen regt sich keiner mehr auf, weil die meisten fürchten, dass sie in den nächsten Jahren arbeitslos sind." Celina roch, dass das Ei bereits über den Punkt gebraten war.

„Soll ich dir helfen?", fragte Julian mit reichlich Rücksicht auf ihre Gefühle.

„Ich bin eine miese Köchin. Ich hoffe, ich habe dein Teewasser nicht verkocht", lachte Celina.

„Denkst du nicht, dass diese Fenja etwas Unorthodoxes treibt? Doktor Silva meinte, dass Agnes Mohr eine traumatische Erfahrung hatte, die bei ihr zu diesem Gedankenlapsus führte." Julian merkte, dass seine Vorwürfe nicht diplomatisch waren. „Ich weiß, sie war deine Schülerin, aber was könnte eine Frau wie Agnes Mohr zu so einem dramatischen Erlebnis führen?" Julian schaute etwas ratlos auf den Frühstücksteller.

„Fenja ist eine erbärmliche Betrügerin und hat meine Ausbildung nicht genutzt. Das Essen sieht toll aus. Ich mache mir selten so viel Mühe, wenn ich alleine zu Hause bin", gab er zu.

„Das mache ich nur bei den ersten Dates", kokettierte Celina.

„Haben wir ein Date?", erwiderte Julian mit allem Charme, den er hervorrufen konnte.

„Zumindest haben wir etwas von dieser Sendung gehabt. Ich habe mich seit Jahren nicht mehr mit einem Mann wie dir befasst." Sie nahm seine Hand.

Er aß ein Stück vom Omelett, oder was dies darstellen sollte. Den bitteren Geschmack identifizierte er als geröstete Lavendelblüten und bemühte diese Verfehlung in der Küche zu ignorieren.

„Du darfst jeden Tag kochen, wenn du willst. Himmlisch", übertrieb er.

„Lügner. Fenja nutzt Hypnose für ihre Entspannungstherapien. Ich habe ihr etwas ganz anderes beigebracht. Ich lehrte, normale körperliche Beschwerden zu klassifizieren. Ich gab ihr ausreichend Anweisung, wie sie ihre Grenzen einschätzen solle, aber ich glaube, sie überzeugt die Klienten, dass sie sich wohlfühlen und die Schmerzen ignorieren sollen. Dagegen kann man nichts sagen. Die Menschen gehen freiwillig hin und kommen zufrieden zurück. Das passiert bei regulären Ärzten nicht immer. Ich glaube, dass Agnes entweder zu empfindsam ist, oder sie hat ein Problem in der Vergangenheit, das in der Sitzung bei Fenja aufgetaucht ist. Aber ich befasse mich nicht mit Psychotherapie." Celina probierte von ihrem Essen und verzog das Gesicht.

„Was für komische Kräuter hast du in den Regalen? Das schmeckt scheußlich", gab sie zu.

„Unsinn. Essen wir das fertig. Wir müssen heute nicht arbeiten. Wir könnten noch mal ins Bett gehen", schlug er vor.

„Wie wäre es, wenn wir vor dem Zubettgehen das hier wegschmeißen und danach zum Restaurant gehen?", erwiderte Celina.

„Die Restaurants sind zu. Ich bestelle etwas für uns. Jetzt oder später? Du bist wirklich einmalig. Kannst du mich auch von der Einsamkeit heilen?" Julian wurde rot bei seinen Worten.

„Du sagst das bestimmt zu all deinen Frauen." Sie küsste ihn zart, wie sie seit Langem nicht mehr getan hatte.

„Nachdem ich dich kennengelernt habe, will ich keine andere Frau mehr."

•

Lagerhäuser sind kalt, farblos und meistens extrem einsam. Jedoch an jenem Tag herrschte im fünften Stock reger Betrieb.

„Das ist das letzte Bild. Ich bin froh, dass ich die Galerie ohne weiteren Verlust schließen konnte. Ich werde alles nur über das Internet anbieten." Marlon wäre in Tränen ausgebrochen, wenn er sich nicht stets eingeredet hätte, wie vorteilhaft seine Situation war. Doch Ted konnte seine Trauer bestens nachvollziehen und umarmte ihn fest.

„Es ist egal. Du kannst deine freie Zeit zu Hause nutzen, um neue Techniken zu lernen und auszuprobieren. Ich habe als Geschenk für dich einige Online-Malkurse gekauft." Ted finalisiert die Geschenkübergabe mit einem Kuss.

„Sind meine Bilder wirklich so schlecht?", fragte Marlon enttäuscht.

„Nein, sie sind okay. Aber ein Künstler sollte niemals aufhören zu lernen und neue Grenzen erforschen." Ted verstand, seinen Partner geschickt zu leiten. Er dachte dies, jedes Mal, dass er erinnerte, warum Marlon für ihn so speziell ist. Am Anfang suchte er nur nach einem One-Night-Stand, aber bereits am kommende Morgen, war er von diesen kleinen Mann überwältigt.

„Du hast Recht. Ich muss ein anderes Konzept kreieren. Das mit den Bildern und Corona wird nicht mehr ziehen. Und wenn die Menschen keine Arbeit haben, werden sie auch kein Geld für solche Luxusartikel haben. Ich will auch Abstand von Fenja und ihre Provisionsansprüche." Marlon resignierte vor der Tatsache, dass Luxus kein Bedarf ist.

„Hast du gelesen, dass Gerold Grün, der Reporter, der uns interviewt hat, beinahe gestorben ist?", fragte Ted.

Marlon überlegte zwei Sekunden.

„Oh nein. Er ist so nett. Wir sollten mal Blumen ... ich glaube das geht nicht, oder?" Ted verneinte.

„Ja. Stand gestern Abend bereits in Social Media, aber ich habe heute genauer gelesen. Ich habe dir dort die Zeitung hingelegt. Er setzte auch seine Blutdruck-Medikamente ab, was die Genesung erschwerte. Ich hoffe es geht ihn bald besser."

Ted war kräftig und übernahm die groben Arbeiten meistens selbst. Marlons Betroffenheit war nicht gespielt, und Ted merkte, wie die Begegnung mit der Endlichkeit des Lebens seinen Partner beunruhigte.

„Corona und Blutdruck, was für ein Duo", sagte Marlon.

„Leider viele ältere Männer und Frauen haben damit zu tun. Angeblich war er durch seinen hohen Blutdruck bereits sehr belastet. Der Arzt meinte, dass seinem Zustand noch nicht besser ist. Der Studioleiter hat eine Sendung über Herrn Grüns Karriere angekündigt. Gemäß Agnes Mohr, kommt er nicht mehr zum Sender zurück. Es wurde so ausgelegt, dass Gerold sich opferte für sein Arbeit, und sich nach der Krankheit zurückzieht."

„Sehr nobel. Auch vom Studio sehr geschickt, mit Kranken macht man immer Geld. Wenn er gestorben wäre, würden sie mehr Geld machen" Marlons Humor war etwas makaber.

„Sei nicht herzlos. Das steht dir nicht gut", meinte Ted.

„Mozart, Bach, Picasso, Thomas Mann. Egal welche Namen in der Kunst angepriesen werden, es sind die Toten, worüber die Kuratoren, *Marchants* und unbegabte Künstler, die Lehrer geworden sind, sich positiv äußern. Meine Kunst wird erst etwas wert sein, nachdem wir beide gestorben sind und in fünfzig Jahren eine schreckliche Tunte unsere Lebensläufe vorlesen und Qualitäten beschreiben wird, die wir niemals hatten. Und dann wird sie meine Bilder für Unsummen verkaufen. Gehen wir nach Hause. Ich bin müde." Marlons Jammern war meistens ein Zeichen des Mangels an Zuneigung, lernte Ted in den Jahren, die sie bereits zusammen waren. Er schloss die Tür des Lagers und sperrte diese zu. Anschließend nahm er Marlon in seine Arme und ging mit ihm den Flur entlang zum Aufzug.

„Ich werde dich auch im Leben immer bewundern", sagte er.

„Übrigens, Celina, erinnerst du dich?"

„Was ist mit ihr?", fragte Ted.

„Ich hatte dir gesagt, dass sie wie ein Piranha auf diesen Arzt abfährt. Das habe ich beim Semper-TV-Empfang sofort gemerkt. Sie trifft sich jetzt mit ihm, habe ich erfahren."

„Lass das. Wir sollten uns bessere Freunde in anderen Kreisen suchen. Komm, mir ist auch kalt", sagte er.

Lasst jede Hoffnung,

die ihr mich

durchschreitet

Gerold kam erst einem Monat nach seiner Internie-rung ins Krankenhaus wieder zu Hause geliefert. Das Standesamt am Englischen Garten erlaubte wegen Corona leider keine Versammlungen von mehr als ein Handvoll nahestehende Verwandte und Freunde. Daher nur einige Kollegen sendeten einem Strauß. Nur Agnes und das Ehepaar mit Begleitung erschie-nen zu vorgegebene Zeit. Dies stellte sie im Gäste-buch fest.

„Es ist traurig, wenn eine Hochzeit so klein gefeiert werden muss, und keiner kommt. Ich hoffe, dass wenn ich sterbe, mindestens mehr Blumen da sind." Celina war entsetzt mit der geringen Anzahl an Gratu-lationskarten von Schülerinnen oder Arbeitskollegen.

„Ich würde das nicht überbewerten. Die Menschen sind nach fast fünf Monate Todesanzeigen ermüdet von Trauern. Ich selbst, wäre nicht hergekommen, wenn nicht unsere Vermählung wäre." Gab Julian Hille von sich.

„Ich denke, was mich dazu führte hier kommen zu wollen, ist die Tatsache, dass ich Dich überzeugte, dass etwas Gutes an meine Arbeit gibt. Agnes war sehr nett zu kommen." Celina überprüfte einige Bou-quets und die Absender.

„Sie ist in Behandlung bei Silva." Kommentierte er.

„Stelle dir vor, dass ich hier keinen Grußkarte von Fenja sehe." Tratschte Celina.

„Egal. Besser so."

„Agnes war frohen Mutes und wollte noch zwei Sendungen nachschieben, aber scheinbar wird daraus nichts mehr."

„Semper-TV wurde zugemacht und sie werden in ein anderen Studio aufgenommen, wo eine ehemalige Freundin von Agnes, den Vorstand leitet. Agnes hat sich nicht sonderlich positiv über sie geäußert." Julian fröstelte in der Halle und zog seinem Mantel fester an sich.

„Ich hatte gesagt, dass du zu dünn angezogen bist. Geht Agnes in diese neue Firma auch?"

„Sie beendet ihre Karriere nächstes Jahr, daher war für sie eine Abfindung sehr vorteilhaft, aus eine kleinen Studio in eine große Produktionsfirma zu wechseln und mit Geld dazu. Mehr hat sie nicht erzählt, aber du kannst sie und Gerold zu deiner Einweihung von deiner Arbeit in unsere Praxis einladen." Julian streichelte Celinas-Wange.

„Ich hoffe, wir haben uns nicht zu rasch uns entschieden zu heiraten. Aber ich fühle mich so wohl mit dir.

Ich hatte mir niemals vorstellen können, mich wieder zu verlieben." Etwas mädchenhaft war an Celina und dies machte sie umso einnehmend in den Augen von Julian.

„Dito. Ich werde alles tun, damit du mich niemals verlässt. Gehen wir von hier weg. Wir könnten zum Kaffee gehen." Schlug er vor.

„Wegen Corona sind alle Kaffees geschlossen." Teilte sie mit.

„Auch das noch. Die zweite Welle wird auch irgendwann kommen. Das ist sicher."

„Wir könnten einkaufen gehen. Ich brauche ein neues Outfit für unser Praxis. Ich will medizinischer wirken." Kokettierte Celina.

„Aber bitte lade diese Fenja nicht ein. Ich habe keinen guten Eindruck von ihr bekommen." Julian zeigte zur Tür nach draußen.

„Ich habe nur ins Vertrauen Agnes über meine Befürchtungen mit Fenjas Umgang mit der Hypnose erwähnt. Ich halte das für sehr zweifelhaft." Celina schmiegte sich etwas an Julians Brust in der Trambahn.

„Silva meinte, dass diese ständiges Ausblenden, von Problemen, eventuell für den Kurzzeitgedächtnisverlust von Agnes verantwortlich sei. Wie er sagte, beweisen kann man nicht, aber wenn man in eine Utopie lebt, sind auch da Konsequenzen zu erwarten. Aber Fenja ist eine gute Geschäftsfrau, denke ich. Sie kommt nächste Woche wieder ins Fernsehen."

„Sie ist egozentrisch und ich wäre gerne dabei, um zu hören, was in ihre Sitzungen abläuft. Sie ist eine Betrügerin und die Geldsau von Assistentin, diese Misuke, sie denkt nur an ihre Verkäufe. Ich hatte gehofft, dass Gerold dies entlarvt hätte. Menschen wie sie machen meine Branche kaputt. Viele verstehen den Unterschied zwischen Heilpraktiker und Heiler nicht" Celina Stolz war mehr verletzt, als sie je zugeben wurde und Julian war diplomatisch genug, dies zu übersehen.

„Ich habe meinen Streit aufgegeben, weil mit dir an meiner Seite kann auch ich Positives an der Heilpraktikerarbeit sehen. Nicht nur wegen dir, aber wegen dir umso mehr."

„Hör auf, mich ständig anzuhimmeln."

„Du bist es wert." Er küsste sie zärtlich.

•

Sechs Mitarbeiter einer Umzugsfirma bemühten sich um die technischen Apparate und Kabel im Studio in

Schwabing. Während einige Geräte abmontierten und andere einpackten, sah Vardan, wie der Raum leerer und größer wurde.

„Ein Anwaltsbüro wird hier einziehen. Eigentlich unsere Anwaltsfirma. Aber das neue Studio wird dir gefallen", kommentierte Tinu in einem Versuch, sich mit Vardan anzufreunden.

„Deine zweite Interview mit dieser Fenja war sehr gut. Ich muss zugeben, dass wir dich unterschätzt haben." Inwiefern diese Aussage positiv gemeint war, darüber konnte man sich streiten. Jedoch Vardan verstand, dass Tinu zum aufgehenden Star im Business wurde, und er konnte sich glücklich schätzen, das Studio für einige Monate weiter koordinieren zu dürfen. Die Übernahme schien für Semper-TV vorteilhafter zu sein, als er sich ausdenken konnte, und er spielte diplomatisch mit.

„Agnes wird sich über den Umzug bestimmt nicht freuen. Sie hasst Autofahren, und mit der S-Bahn bis Ismaning wäre sie über eine Stunde unterwegs", kommentierte Vardan, während er seine Sachen in einen Karton packte.

„Sie wird sich bestimmt anpassen. Ich besuche diese Heilerin, die ich interviewt habe, und seit ich bei ihr bin, lebe ich entspannt und zufrieden. Das würde

Agnes auch guttun." Tinu sprang Vardan aus dem Weg.

„Sie war bei dieser Fenja. Seit sie dort war, ist sie total daneben. Hast du nicht mitbekommen, dass Agnes Panikattacken und einen Verlust des Kurzzeitgedächtnisses erlitten hat?"

„Das kann einfach mit ihrem Alter zu tun haben. Fenja ist eine tolle Therapeutin, und ihre Tees sind absolut einzigartig." Tinu strahlte in einer fast verstörenden Form Zufriedenheit aus.

„Was macht sie in diesen Therapien? Ich habe weder von Gerold noch von Agnes Genaueres erfahren." Vardan war über seine Feststellung überrascht.

„Ich bekomme einen Entspannungstee aus eigenen Kräutern, und dann geht man eine ganze Stunde in den Behandlungsraum. Sie macht mit mir Regressionstherapien oder andere Hypnotherapien. Manchmal schlafe ich ein, und die Sprechstundenhilfe weckt mich dann auf. Toller Service und in unserem Job ein Luxus. Seit ich bei ihr bin, habe ich keine Krankheiten, keine schlechte Laune und bin selbstbewusster geworden. Du solltest hingehen." Tinu saß herum und Vardan stellte nur fest, dass sie die Zeit totschlug und ihn nervte.

„Ich mag den Gedanken nicht, dass sich jemand in meinen Verstand einmischt. Hypnose ist für mich eine unsichere Technik." Zum ersten Mal schaute Vardan Tinu direkt in die Augen. Die anfängliche Unschuld in ihrem Blick war verschwunden.

Sie war nicht mehr nur ein nettes Mädchen, sie entwickelte sich zu einem Profi, der nicht weiter mit dem Studioleiter leben musste, um Arbeit zu bekommen.

„Ich muss das hier fertig packen. Bist du fertig mit deine Sachen?" Vardan suchte nach einem Weg sie loszuwerden.

„Ich habe gar nichts. Meine Kleidung hatte ich letzte Woche mit nach Hause genommen, und der Rest gehört zum Studio. Das haben die Umzugsmänner mitgenommen. Ich kann dir helfen. Ich habe nichts zu tun. Ich bin nur gekommen um meine Zugangskarte für das neue Studio zu holen", erklärte sie.

Stimmt. Das habe ich vergessen", erinnerte sich Vardan. „Auf dem Tisch ist ein Kuvert mit deinem Namen, hol es dir und nimm den Nachmittag frei. Heute sendet das andere Team die Nachrichten." Tinu verstand, dass sie überflüssig war, und holte sich das Kuvert mit ihrem Ausweis.

Vardan merkte, wie es im Raum leichter wurde, als hätte Tinu eine Last mit sich genommen. Er bemerkte eine dunkle Silhouette um sie herum, die ihn an die Erzählungen seiner Mutter über Asuras[5] erinnerte. Sie schien nicht unheilvoll zu sein, aber etwas an dieser Frau war zerstörerisch und alles andere als wohlwollend.

Vardan war sehr beunruhigt, als er von Fenjas Trank vor den Sitzungen hörte, denn ihm war vom Hinduismus ein Kräutergetränk bekannt. Soma, wie der Trunk hieß, war ein berauschendes Getränk, das den Verlust des Kurzzeitgedächtnisses verursachen konnte.

„Wer ist schon Hindu in Deutschland?", fragte er sich.

•

Der Herbst neigte sich seinem Ende zu, als Agnes wieder Zeit fand, ihre Fotos zu organisieren. Die letzten Monate mit den Intrigen im Studio und dem Gerold kranken Zustand, nachdem sie sich wiedergefunden hatten, waren eine extreme Herausforderung für Agnes. Am meisten störte sie, ihre Arbeitsstelle an ein junges und unreifes Mädchen verloren zu haben.

---

[5] Indische Dämonen

Die Behandlung von Doktor Silvas Kollegen brachte etwas von ihrer Erinnerung zurück, aber lieber hätte sie das ganze Geschehen vergessen.

Sie war mit Gerolds Wohnungsauflösung, seit er zu ihr umzog beschäftigt. Sein Computer enthielt Informationen von über zwanzig Jahren Recherchetätigkeit. Seine Genesung lief suboptimal, aber mit Hoffnung auf Besserung.

„Das ist ein Sisyphusarbeit" schrie sie und Gerold protestierte aus dem Schlafzimmer heraus.

Vor ihr lagen ihre Fotos, diesmal nicht die Papierversion, sondern die digitale. Der große Monitor half ihr, diese zu überblicken.

„Mindestens deine Computerkenntnisse sind besser als meine. Wenn du dich benimmst, dann haben wir eine Zukunft" wiedergab sie, ohne zu beachten, was er sagte.

Ein Ordner enthielt ihre und Gerolds Fotos von der Sendung über Heilpraktiker. Sie hatte diese aus Zeitmangel nur oberflächlich angeschaut, ihre Auszeit bescherte ihr Ruhe, die sie dringend brauchte.

„Diese Fotos sind aus der Wohnung von Frau Gorny" las sie in der Beschriftung.

Ein Detail fiel ihr zum ersten Mal auf, das sie etwas irritierte. In dem Appartement von Frau Gorny sah sie einen hinduistischen Altar.

„Das wäre Gerold niemals aufgefallen. Er ist dafür nicht besonders empfänglich."

Die Eigentümlichkeit an diesem Detail war, dass Marlons Bild im Hintergrund eine Abstraktion des Altars wiedergab. Es war deutlich zu erkennen, wenn man beide Aufnahme nebeneinanderlegte.

„Das hat ihn gar nicht interessiert. Sie verglich dieses Foto mit eine Aufnahme, die sie bei Frau Kaschewski machte", sie hätte beinah dieser gelöscht, als sie dort ebenfalls einen hinduistischen Altar fand.

Sie öffnete das Telefonbuch in ihrem Computer und wählte Celinas Videokonferenz.

„Entschuldige die Störung", begrüßte sie Celina.

„Du störst niemals. Was kann ich für dich tun?" Celinas unbekümmerter Laune zeigte, dass sie das neue Leben mit Julian Hille sehr genoss.

„Ich teile meinen Monitor mit dir. Schau mal das hier an."

Celina sah sich die vielen Bilder an und rätselte, was sie dort sehen sollte.

„Ich mache dieses Foto groß", kündigte Agnes an.

Celina sah nur Marlons Bild, die weiteren Details fielen ihr nicht auf.

„Agnes, ich hasse moderne Kunst. Das als Kunst zu bezeichnen, ist noch betrügerischer als Quantenheilung mit Pendel. Ich bin absolut keine Hilfe, wenn du sowas kaufen willst." Celina war direkt und ehrlich.

„Ich finde das auch nicht besonders gelungen, aber auf der linken Seite ist ein hinduistischer Altar. Siehst du das?" Sie markierte die Stelle mit der Maus.

Celina erkannte die farbliche Ähnlichkeit, und so verstand sie, worauf Agnes sie aufmerksam machen wollte.

„Was ist das für ein hinduistischer Gott?", wollte sie wissen.

„Das muss ein Dekorationsstück sein, eher eine Antiquität. Das ist ein *Mahishasura*, ein Dämon aus dem Hinduismus. Das hatte ich in einem der Vorträge in meiner Ausbildung gehabt. Wo hast du das denn her? Das ist aus der Mode" Celina wollte nicht ansprechen, dass sie auch von dem esoterischen Hintergrund keine Ahnung hatte.

„Eine ähnliche Statue ist am Empfang von Fenjas Praxis und in der Wohnung von Frau Kaschewski", informierte Agnes.

„Echt? Ich war bei Fenja mit Julian, aber ich habe nicht aufgepasst, Fenja selbst hat mich auch nie eingeladen. Julian hat mehr Beobachtungsgabe, ich werde ihn fragen. Im Nachhinein muss ich zugeben, wenn man die Statue kennt, sieht das Bild zwar primitiv, aber fast gelungen aus." Celina erkannte die Konturen.

„Ich schaute mir die Fotos die ich und Gerold in der Sendung gesammelt haben, und dort waren auch Statuen dieses Mahidings. Ich sollte Marlon fragen, was das an sich hat. Er ist der Autor von der Gemälde" Agnes hatte sich den Namen des Gottes nicht gemerkt.

„*Mahishasura*. Das ist ein Dämon, der das Böse repräsentiert, das von einer Göttin bekämpft und getötet wurde. Das ist ein uralter Kult, der in Indien nicht mehr existiert, außer für Touristen. Es wundert mich, dass jemand hier sowas hat oder gar kennt." Während Celina sprach, machte Agnes sich Notizen.

„Was kann dieser Dämon mit Fenjas Praktiken zu tun haben?" Sie freute sich, die ursprüngliche Stärke und Neugier wieder zu erwecken.

„Dass Fenja sich das gemerkt hat, wundert mich. Ich habe in meine Seminare eine Folge über archaische Reliquienkulte und deren Einfluss in der Heilpraktikerwelt von heute. In den alten Kulten nahmen die Anbeter einen Trank namens *Soma* zu sich, um mit diesen Geistern zu sprechen. Angeblich konnte man durch das Erkennen des eigenen Bösen diese dann töten oder der Göttin *Durga*[6] opfern und sich so von dieser Last befreien. Wenn du das für eine Reportage brauchst, dann ist das geschäftlich, oder?" Celina verlor ihren Geschäftssinn nicht und spürte ein wachsendes Interesse an einem Thema, das viele Beratungsstunden bedeuten könnte.

„Das kläre ich mit dem Studio, wenn sie mit mir als Freischafende akzeptieren. Aber was bedeutet Asuras?"

„Asura bedeutet nichts anderes als das Gegenteil des Lichts. Asuras ist nur die Mehrzahl."

„Das Dunkel, das mich verfolgt?", überlegte Agnes.

Es folgte eine Pause, und sie wechselte zum nächsten Foto.

---

[6] Durga ist die Göttin der Vollkommenheit, die als Sarasvati, Lakshmi, Ambika und Ishvari sowie in anderen Formen erscheinen kann. Sie verkörpert auch Kraft, Wissen, Handeln und Weisheit.

„Halte mich für verrückt, aber seit ich in Kontakt mit Fenjas Klienten bin, spüre ich eine Dunkelheit um mich herum. Ich kann das nicht in einer Reportage vortragen, denn damit werde ich in einem Heim landen und bin meinen Job noch früher los als geplant. Jedoch irgendetwas ist da nicht, wie man es sich wünscht." In Agnes Stimme war Angst zu erkennen.

„Du meinst, dass Fenja sich mit alten Kulten beschäftigt? Das kombiniert mit ihrer Begabung für Hypnose ergibt keinen guten Stoff für eine Reportage, aber ich glaube nicht an alte Götter" log Celina. „Ich hoffe, sie gibt nicht an, dass sie von mir ausgebildet wurde. Das sind absolut böse Sachen. Aber sogar wenn sie damit arbeitet, würde sie dies niemals zugeben. Diese Dunkelheit könnte mit deiner Empfindlichkeit begründet werden. Julian meint, dass es für alles eine logische Erklärung gibt. Ich denke, du könntest ein Medium sein. Julian glaubt an sowas nicht, darum muss ich leiser sprechen" Agnes war von der neuen Celina irritierte. Seit sie mit Dr. Hille liiert war, versuchte sie immer, die ,Frau Doktor' zu mimen.

„Ich bin keine Esoterikerin und ich glaube an gar nichts, aber diese Verbindung haben Gerold und ich übersehen. Ich werde Fenjas Umgebung meiden, bis ich mehr Hintergrundinformationen habe. Etwas gefällt mir dort nicht. Ich bin kein Mensch, der sich für sowas interessiert, aber ich habe auch eine gewisse Angst vor solchen Themen. Danke Celina." Agnes winkte auf Wiedersehen und nachdem Celina zurückgrüßte, beendete sie die Verbindung.

„Hast du meine Notizen gefunden?" Fragte Gerold noch im Bett.

„Ja. Ich habe auch eine Aufnahme von Deine Sitzung bei Fenja abgehört." Agnes lief zum Schlafzimmer, wo der genesende Gerold lag. „Sie suggeriert bewusst, dass man ihre Behandlung mag und akzeptiert. Ich könnte das genau abhören. Die Asiatin erinnerte ihr sogar, dass sie ihre Tees abschwatzen soll. Unverschämt ist das, aber nicht ungesetzlich. Unethisch, aber nicht ganz nachweisbar kriminell. Sie ist, wie Celina sagt, ein Miststück, aber sie drückt sich geschickt aus. Deine Aufnahmen reichen nicht für mehr als nur Getratsche und sie wurden ohne Zustimmung gemacht. Da kann sie von uns sogar Schadensersatz verlangen", urteilte Agnes.

„Ich glaube irgendwie, dass diese Fenja doch mit Kulten zu tun hat, die nicht gewöhnlich sind. Ich habe etwas darüber gelesen in dem letzten Tage, aber es ist viel Material, über was ich kaum nachvollziehen kann. Die esoterische Welt wird mir immer fremd bleiben. Die Asuras versprechen Erfolg an alle, die sich denen ergeben. Es ist ein faustischen Vertrag, würde ich sagen" fasste Gerold zusammen.

Agnes erkannte, dass Fenja zwar ihren Geschäfte nachging, aber ihre Rücksichtslosigkeit anderen schadete. Was sie Gerold angetan hatte, indem er seine Tabletten für Blutdruck absetzte entsetzt sie.

„Du hättest mich gesund haben können", Gerold setzte sich höher am Bettkopf und schnaufte.

„So bist du mir lieber. Jetzt weiß ich, dass du nicht hinter jedes Flittchen laufen wirst.", Agnes setzte sich an seinen Füßen und lächelte.

„Du willst nur meinem Geld. Ich bekomme einen Haufen Geld von Semper-TV. Unseren Anteilen wurden gut verkauft." Gerold versuchte seinen Augenbrauen zu zucken wie eine Comic-Figur, aber seine Kräfte schienen nicht auszureichen.

„Geld habe ich seit dem Verkauf auch. Ich will dich hier, nur weil du billiger als eine Wärmedecke bist." Sie krabbelte hoch bis zum Gerold und küsste ihn liebevoll.

„Ich habe Vardan für seine neuen Posten begrüßt und mich für uns beide bedankt. Kjell war ein Stein im Schuh. Ich hoffe, wir hören nie wieder von ihm." Gerolds Hände zitterten noch an Schwäche, aber sie waren noch kräftig genug, um sie zu streicheln.

„Vardan hat uns sehr geholfen. Ich hoffe nur, dass Tinu nicht ausplaudert, dass wir ihre Tante gebeten haben, dass sie Kjell spioniert. Deine Krankheit war nicht geplant, kam aber zum richtigen Zeitpunkt. Ich habe einige neue Informationen von Celina bekommen, und sobald du wieder auf die Beine kommst, habe ich ein Projekt für uns", munterte ihn Agnes.

„Ihre Tante würde nie, dieses naives Ding Informationen geben. Sie ist noch zu unreif, aber sie wird noch. Ich freue mich, etwas Neues machen zu können. Ich kann nicht mehr im Bett bleiben. Vor allem, das Fernseher im Wohnzimmer ist besser" Gerold nahm den hilfreichen Arm von Agnes und wurde bis zur Sessel begleitet.

„Kjell hat hoffentlich gelernt, sich nicht mit älteren Furien anzulegen" bedankte sich Gerold bei ihr.

„Du alter Schmeichler", nahm sie Platz neben ihm.

Nachwort

Durch mich gelangt man in die Stadt der Schmerzen,
Durch mich zu wanderlosen Bitternissen,
Durch mich erreicht man die verlorenen Herzen.
Gerechtigkeit hat mich dem Nichts entrissen;
mich schuft die Kraft, die sie durch alles breitet,
Die erste Liebe und das höchste Wissen.
Vor mir ward nichts Geschaffenes bereitet,
Nur ew'ges sein, so wie ich ewig bin:

Lasst jede Hoffnung, die ihr mich durchschreitet.

Dieser Strophe von ersten bis fünften Gesang aus der Göttliche Komödie von Dante Allighieris war ein der ersten literarischen Arbeiten, den mich am meisten beeindruckt hat, noch zu meine Schulzeit. Diese habe ich in der Strukturierung dieser Roman genutzt.

Die Heilerin Fenja ist eine Figur aus dem Roman „Die Heilerin – Das Licht". In dieser Zeitspanne ihres Lebens ist sie bereits bekannt und zur Geschäftsfrau geworden.

Man weiß wenig über sie oder ihre Moral, aber ihre Patienten berichten, dass sie mit Hypnotherapien Wunder vollbringt.

Insbesondere mit den Erlebnissen von 2020 und der Corona-Pandemie setzte ich mich mit den Kontroversen der Corona-Leugner und dem Thema Fake-News auseinander, das uns weltweit seit einigen Jahren verfolgt.

Die Trilogie von Fenja der Heilerin wird im dritten Teil „Die Heilerin – Das Grauen" fortgesetzt. Dort berichtet dann Fenja selbst über ihre Sicht der Dinge und wie alles weitergeht.

Weitere Veröffentlichungen des Autors

Deutsche Romane

Altreia, Drama, 1998

Geheimnis der verdorrten Rosen, Mystery, 2009 – Reimo Verlag *

Virtuelle Liebe, Kurzroman, Thriller, 2016 *

Paloma, Kurzroman, Thriller, 2016 *

Die Muse, Kurzroman, Erzählung, 2016 *

Post-mortem Kino, Roman, Drama, 2016 *

Die Heilerin – das Licht, Roman, Thriller, 2017 *

Geheimnis der verdorrten Rosen, Mystery, 2017 (neue Version) *

Der Zauberspiegel des Eros, Roman, Thriller, 2017 *

Das Tal, Roman, Thriller, 2017 *

Jahreszeiten der Sünde, Roman, Thriller, 2018 *

Die blutige Soiree des Grafen Rasnov, Roman, Thriller, 2018 *

Sein letztes Opfer, Roman, 2020 *

Wieland, der Schmied, Volksheldensage, 2020 *

Hildegundes Sage, Volksheldensage, 2020 *

Die Heilerin – das Dunkel, Roman, Thriller, 2021 *

König Rother, Volksheldensage, 2021 *

Englische Romane

Virtual Affairs, 2018 *

Paloma, 2019 *

Earl Rasnov's Bloody Soiree, 2019 *

Deutsche Hörspiele und Comics

Madame Marouskas letzter Auftritt, 2020 *

Roberta, 2020 *

Die Muse, 2019 *

Paloma, 2018 *

Virtuelle Liebe, 2017 *

Weihnachts Premium-Pack, 2020 *

Kunstkataloge

Geliebter Vater, 1995 *

The new Artist, 1996 und 1997

Liebe in Stücken, 2009 *

Kunstkatalog, 2010

Liebe in Stücken, Edition II, 2016 *

Kunstkatalog, 2017 *

Kunstkatalog, 2018 *

Kunstkatalog, 2019 *

Kunstkatalog – The Man Inside, 2020 *

(*) Gelistet in der Deutschen Nationalbibliothek